같이 살자

PM 4:00

여기는 이타카

같이
살자
PM 4:00
여기는 이타카

송호창 지음

문학동네

이야기는,
이제 시작이다

이야기는 내 어린 시절을 사로잡은 가장 큰 힘이었다. 한쪽 다리가 없었던 할머니는 남아 있는 한쪽 다리에 내 머리를 뉘고 항상 이야기를 들려주셨다. 그렇게 할머니의 무릎베개를 베고 이야기를 들을 때면 할머니의 치마폭은 세상에서 가장 안락한 이부자리이자 또 다른 하나의 세상이었다. 어느새 내 심장마저 이야기에 귀 기울인 듯 박동을 멈춘 것만 같았을 때, 그럴 때면 나는 이미 이야기 속 등장인물이 되어 있었다. 이야기 속 친구들과 함께 다급히 도망치기도 하고, 얼싸안고 기뻐하기도 하며, 부둥켜안고 울면서 함께 호흡했다. 그것은 너무나 큰 행복이었다. 이야기는 항상 날 꼼짝 못하게 움켜쥐었다가 놓아주었고, 여로가 험난할수록 그 끝에 찾아오는 행복한 결말도 더욱 달콤했다. 할머니의 치마폭은 마법의 샘이었고, 그 안에서는 수많은 이야기가 마르지 않는 샘물처럼 솟아올랐다. 오로지 내 목을 축여주기 위해 마련된 특별한 샘인 것만 같았다. 그 많은 이야기도, 이 세상마저도 나를 위해 누군가 만들어놓은 것만 같았다. 치마폭의 비밀을 아는 사람은 이 세상에 아무도 없다고 생각했었다.

그런데 이제 와 생각해보니 그렇게 수많은 이야기를 듣고 또 들었지만 이상하게도 또렷이 생각나는 이야기가 별로 없다. 대신, 신기하게도 기억에 남은 것은 할머니가 이야기를 들려주던 모습과 할머니의 냄새, 따뜻한 온기이다. 그리고 그리움 속에 나는 아득한 유년의 기억을 돌아본다. "이야기가 듣고 싶을 땐 언제든지 할머니 치마폭에 뛰어들기만 하면 되었지, 그때 나는……" 하지만 그 안락한 이야기의 샘물이 사라지고 난 후부터, 이제는 나 스스로 이야기를 찾아 돌아다녀야만 했다. 다행히 어디를 가든 사람이 있었고, 사람이 있는 곳엔 언제나 이야기가 넘쳐났다. 그렇게 사람들의 이야기를 들을 때면 잃어버린 줄로만 알았던 할머니의 따뜻한 치마폭 온기까지 함께 느낄 수 있었다. 그리고 그 온기 속에서 나는 깨달았다. 이렇게 많은 우리 이야기는, 고단함에 지친 우리 모두의 목을 축여줄 우리의 샘이라는 것을.

머리가 크고부터 나를 살찌운 이야기의 고마움을 알게 되었다. 그

고마움을 어떤 식으로든 보답하고 싶었다. 가장 좋은 보답은 이제 내가 이야기를 들려주는 것이라고 생각했다. 그때부터 이야기를 모으기 시작했다. 마음을 울리는 이야기가 있으면 들을 때마다 기록하고, 다시 또 이야기를 찾아 나섰다. 하지만 그렇게 소중히 모아온 이야기를 글로 남겨둘 생각은 미처 하지 못했다. 그건 할머니의 방식이 아니었고 내게 익숙한 것도 아니었다. 그런데 내 삶의 허리를 뚝 자른 미국행 이후, 나는 어느새 내가 보고 들은 이야기를 기록하고 있었다. 미국과 한국만큼의 거리와 시차를 뛰어넘어 그곳에서의 이야기를 언젠가 다시 한국에 돌아가 전하려면 글로 남기는 것 외에는 방법이 없었기 때문이다. 그리고 글을 쓰는 동안, 나는 반추하고 상상하고 꿈꾸는 법을 새로이 알게 되었다.

이타카 이야기는 아름다움에 대한 감탄에서 시작되었다. 처음엔 풍경이 보였고, 나중엔 그 풍치보다 더 아름다운 사람들이 보였다. 그곳엔 내가 오랫동안 잊고 있던 '우리'와 우리를 둘러싸고 있는 모든 생명이 살아 있었다. 마을 주민 대접을 받는 거리의 사슴을 보았고, 편안하게 우리 집 앞마당에 앉아 있는 그들을 보며 생태 도시 이타카를 두 눈으로 목격했다. 에코빌리지 개념을 처음 실현한 밥 할아버지의 눈빛에선 어느 것 하나 다치게 하지 않으려는 따뜻한 마음을 엿보았다. 마을 주민이 모두 함께 잘 살기 위해 지역 시장과 서점을 의식적으로 애용하는 모습에선 감명을 받았다. 모두가 "그렇게 할 수 있으면 좋겠다"고 여기는 환경, 지역 공동체, 평생교육의 이상이 이타카에선 하나씩 실현되고 있었다. 모두 사람들의 실천 덕분이었다. 그렇게 아름다운 사람들의 모습, 생활을 이야기하고 싶었다. 어쩌면 그 이야기가 남의 이야기만은 아닐 것이기에, 이타카 사람들의 이야기를 들려주고 나면, 언젠가는 우리의 아름다운 이야기를 펼칠 수 있을 것 같았기에. 이야기는, 이제 시작이다.

2012년 8월
송호창

차 •
• 례

1부

이타카를
향한 여정

이타카에
눈뜨기까지

가래떡의 허리를 뚝 하고 자르듯 내 삶의 중반에 이르렀을 무렵 맞게 된 갑작스런 미국행은 생활의 모든 것을 바꿔놓았다. 아니 바뀌었다기보다는 모든 것이 갑자기 사라졌다. 고함 소리, 웃음소리, 시장판의 온갖 소음 한가운데에 있다가 갑자기 소리가 사라진 공간으로 날아와 뒤로 문이 꽝 닫힌 것 같았다. 한동안은 얼마 전까지 내가 있었던 서울이라는 시간과 공간의 환청이 이명처럼 계속해서 들렸다. 한국에 남겨둔 휴대전화의 벨 소리가 귓가를 맴돌아 괜히 주머니를 뒤지고, 급한 이메일을 빨리 확인해야 할 것 같은 부담감이 어깨를 짓눌렀으며, 뒤에서 누군가 내 이름을 부르는 것만 같아 뒤돌아보기를 반복했다. 무언가 반드시 해야 하는 중요한 일을 하지 않고 빈둥대는 것 같아 계속 불안했다.

할 수 있는 일이라곤 그저 잠을 자는 것밖에 없었다. 먹는 것도 잊은 채 며칠 동안 잠만 잤다. 그만 일어날 수도 있었지만 조금이라도 미련이 남으면 다시 정신을 놓았다. 눈만 뜨면 또 졸렸고 제대로 눈을 뜰 새도 없이 다시 깊은 잠에 빠져들었다. 평생 잘 시간을 앞당겨 모두 써야만 하는 것처럼 정말 열심히 줄기차게, 더는 노력을 해도 다시 잠들 수 없을 때까지 잤다. 그사이에 헤아릴 수 없이 많은 꿈을 꾸었고 끊어진 꿈속 이야기를 따라가볼 요량으로 또 잠에 빠져들었다. 물론 꿈속에서 나는 아직 한국에 살고 있었고 정겨운 벗들과 함께 있어 훈훈했지만 소나기처럼 쏟아지는 일 더미에 파묻혀 힘들었다.

그렇게 며칠을 보낸 후에야 정신을 차릴 수가 있었다. 아무리 마우스를 클릭하고 자판을 두드려도 움직이지 않던 모니터의 커서가 움직이기 시작한 것처럼 의식을 갖고 생각을 할 수 있게 되었다. 지금 내가 있는 곳은 미국이그 내가 해야만 하는 일은 모두 사라졌다는 사실이 또렷하게 떠올랐다. 그리고 그것이 꿈이 아니란 걸 확인해야겠다는 의지가 생겼을 때 비로소 잠자리에서 완전히 일어났다. 창밖으로 나가, 나를 압도하며 내려다보던 빽빽한 고층 빌딩과 매캐한 냄새의 뿌연 공기 대신 짙푸른 숲의 초록과 탁 트인 넓은 호수를 마주하고 있음을 눈으로 확인하고서야 마음을 놓을 수 있었다.

미국이다.

너무 오래 잠들었던 까닭일까, 너무 많은 꿈속을 헤맨 걸까. 내가 미국에 오기 전에 무슨 일을 하고 있었지? 금방 떠오르지 않는다. 하루 종일 헉헉대면서 무언가 많은 일을 정신없이 하고 있었다는 느낌만이 머릿속을 부유했다. 날짜를 확인하며 수첩을 뒤적이고 나서야 그동안 숨 가쁘게 지내온 날들이 하나둘 떠오르기 시작한다. 2009년 6월에 나는 정연주 전 KBS 사장의 1심 공판을 끝내고 변론요지서를 제출했고, 안기부 X파일 사건으로 노회찬 전 의원을 변론하면서 2심 공판을 시작하는 항소이유서를 만들었다. 그리고 내가 전여옥씨 상대편의 변론을 맡았던, 『일본은 없다』의 표절을 둘러싼 오랜 소송이 대법원의 판결을 받게 되었다. 진행하던 대부분의 재판이 일단락을 맺게 된 것이다.

　다른 한편, 민주사회를 위한 변호사모임에서 내 역할은 그 끝을 볼 수가 없는 일이었다. 용산참사에 대한 진실 규명과 책임 공방, 그 뒤를 잇는 재판 과정, 노무현 전 대통령 서거 등 끊임없이 일어나는 굵직한 사건들 가운데에서 말 그대로 정신을 차릴 수가 없었다. 수많은 사건을 다루면서 손꼽을 수 없을 정도로 많은 사람과 함께 일했고 수없이 많은 일에 부딪히며 고군분투해야만 했다. 그렇게 10년이 훌쩍 지나갔다.

무질서하게 어질러진 퍼즐 조각을 하나하나 짜 맞추듯 내 머릿속에 단락지어진 의식과 사건, 끊어진 시간을 이어 붙이는 데도 적잖은 시간이 필요했다. 그런 가운데 한국의 변호사 사무실이나 친구들, 기자들과의 연락이 뜸해졌고, 미국에서 만나는 새로운 사람들과 거기서 해야 할 일들이 그 빈자리를 조금씩 채우기 시작했다.

그러나 가진 것을 버리는 것은 한순간이지만 새로운 것을 만드는 데는 많은 시간이 필요한 법이었다. 큰 그릇에 넘치도록 많이 먹다가 갑자기 식사량을 반 공기르 줄였을 때 같은 공허함이 자연스레 찾아왔다. 처음엔 그 공허함이 큰 고민거리였다. 늘어난 시간과 여유를 훌륭한 그림 속에 든 여백으로 여기고 즐거이 받아들여야 하는지, 그것이 무언가로 채워 없애야만 하는 공백인지 판단이 서지 않고 불안했다. 갑자기 하늘에서 떨어진 돈주머니를 들고 이러지도 저러지도 못해 허둥대는 바로 그 형색이었다. 한국에서 동료들이 해준 말을 떠올리며 "그래, 그동안 열심히 살았잖아. 이제는 모든 걸 털고 푹 쉴 자격이 있어"라고 편한 마음을 가지려 애썼지만 오랫동안 한국생활에 길들여진 몸이 머리를 따라가지 못하고 내내 불안해하고 있었다.

그때 발견한 한 편의 시는 생활의 반전을 가져다주었다.

(…)

언제나 이타카를 마음에 두라.

네 목표는 그곳에 이르는 것이니.

그러나 서두르지는 마라.

비록 네 갈 길이 오래더라도

늙어서 그 섬에 이르는 것이 더 나으니.

길 위에서 너는 이미 풍요로워졌으니

이타카가 너를 풍요롭게 해주길 기대하지 마라.

이타카는 너에게 아름다운 여행을 선사했고

이타카가 없었다면 네 여정은 시작되지도 않았을 것이니

이제 이타카는 너에게 줄 것이 하나도 없구나.

설령 그 땅이 불모지라 해도 이타카는 너를 속인 적이 없고

길 위에서 너는 현자가 되었으니

마침내 이타카의 가르침을 이해하리라.

그리스의 시인 콘스탄티노스 카바피는 서양 모험담의 원형이 된 호메로스의 서사시 「오디세이아」를 대상으로 「이타카」라는 시를 재구성했다. 오디세우스는 고향 섬 이타카에 아름다운 아내와 갓난아

이타카에 도착한 지 일주일도 되지 않아 친구가 된 마고 할머니 집에서의 저녁 식사.
이타카 사람들은 낯선 방문객을 따뜻하게 맞이해주었다.

기를 남겨두고 트로이로 떠났다. 그후 10년간의 전쟁을 치르고 고향으로 돌아가는 데 또다시 10년이 걸렸다. 그의 귀향길은 난관의 연속이었다. 도중에 바다의 신 포세이돈의 아들인 폴리페모스의 눈을 멀게 하는 바람에 저주에 걸려 더 큰 고행을 겪어야만 했다. 카바피는 이타카를 찾아가는 오디세우스의 모험 속에서 여행자의 숙명을 타고난 인간의 모습과 우리에게 필요한 삶의 지혜를 보았다. 그리고 시를 통해 세속의 욕망과 유혹으로 어지러워진 현대인의 머릿속과 혼탁해진 영혼을 일깨웠다. 이타카를 향한 여정, 그 과정에서 힘과 지혜를 얼어 충만해진 오디세우스와 달리, 현대인은 아직 목표에 이르지 못했다는 사실에만 집착해 조급해하며 서두르고 있다. 현대인은 이미 그 어느 시대의 현자보다 많은 것을 알고 있고 경험했지만 목적지에서 눈을 떼지 못한 탓에 여행의 과정이야말로 진정한 즐거움이란 사실을 돌아보지 못한다.

「이타카」는 답이 뻔한 고민 속에서 허우적대는 내 우매함을 꼬집는 것 같았다. 게다가 나는 오디세우스와 달리 이미 이타카에 와 있지 않은가. 그것도 가족과 함께. 서울역 앞에서 기차역을 찾는 사람처럼 나는 이미 목적지에 도달해놓고도 여기가 어딘지도 몰랐던 것이다. 내가 이미 도착해 있다는 사실, 그걸 선명하게 깨닫고 나서야 비로소 한국이라는 과거에서 벗어나 이타카라는 새로운 땅을 볼 수 있을 것 같았다. 매일 아침 정겨운 새소리에 눈을 뜨면 행복감에 슬며시 미소를 짓게 하는 아름다운 경관이 먼저 눈길을 끌었고, 그런 자연에 익숙해지고 내 자신이 풍경화 속의 일부가 되기 시작하면서 이 도시보다 더 아름다운 이타카 사람들의 모습이 보이기 시작했다.

시선을 사로잡는
아름다운 풍경

이타카에 와서, 또는 이타카로 오는 과정에서 가장 먼저 부딪치는 곤란은 발음이다. 이타카라는 이름은 한국말에는 없는 'th' 발음과 첫음절에 있는 악센트 때문에 소리 내기가 여간 어려운 것이 아니다. 미국인들에게 나의 이타카 발음을 한 번에 알아듣게 하는 데에만 6개월 이상이 걸렸다. 한동안은 이타카라는 발음이 필요할 때 우리 아이들의 등을 떠밀어 소리를 내게 하기도 했었다. 아이들이 녹음기 역할에 싫증을 내면서부터 혼자 뒤돌아서 몇 번이고 연습했지만 내가 들어도 제대로 된 소리가 아니었다. 그렇지 않아도 영어에 대한 부담은 크기만 한데 동네 이름부터 속을 썩이니 좀더 발음하기 쉬운 도시로 갈걸 잘못했다며 한탄하기도 했다.

하지만 발음하기 까탈스런 이름, 이타카라는 지명에는 사실 조금은 엉뚱하고 또 조금은 낭만적인 유래가 숨겨져 있었다. 이타카는 처음엔 율리시스Ulysses 타운에 소속된 도시 중 하나였다. 율리시스는 오디세우스의 라틴어 이름인데 율리시스에 속한 동네니까 그의 고향인 이타카도 있어야 하는 것 아니냐는 농담 같은 이야기에서 이타카라는 이름이 지어졌다는 것이다. 처음엔 오디세우스가 꿈에도 그리던 전설 속의 섬과 닮아서, 또는 신화에나 나올 법한 아름다운 풍경 때문에 이타카란 이름이 붙지 않았을까 추측했는데…… 그런 나의 추측을 여지없이 무너뜨린 유래이다. 이타카는 '옆 동네 잘 만나서' 예쁜 이름을 얻은 셈이다. 그리고 보니 이타카 근처에는 호머Homer 라는 도시도 있다. 그리스의 「오디세이아」와 오디세우스의 고향 섬, 작가의 이름까지 모두 뉴욕에 옮겨온 것이다. 하지만 비록 이름이 만들어진 계기는 우연일지라도, 이타카의 풍경은 정말 오디세우스의 고향이 그런 모습이었으리라 생각하게 할 만큼 아름답다.

이타카는 남북으로 길게 뻗어 좀처럼 그 끝이 보이지 않는 카유가 Cayuga 호수의 남쪽 끝자락에 자리 잡은 조용한 도시이다. 뉴욕 주는 높은 산이 없는 대신 완만한 구릉이 꼬리에 꼬리를 물고 이어진 형상인데 가장 아래쪽 맨해튼에서부터 남북으로 캐나다까지 이어지는 81번 고속도로를 타고 올라가다가 이타카 표지판을 따라 나와 시골길에 들어서면 미국 전원도시의 속살을 접할 수 있다. 넓게 펼쳐진 목장과 들판, 그 가장자리에 수줍게 내려앉은 소박하고 예쁜 집들이 드문드문 이어지는 시골길을 눈에 담으면서 다시 30분 정도 달리다보면 어느덧 넓게 탁 트인 카유가 호수의 오른쪽 구릉 위에 올라서게 된다. 발아래 하늘을 닮은 넓은 호수와 건너편 구릉의 아름다운 숲과 집들, 그 뒤편에 펼쳐진 푸른 하늘은 그 자체로 한 폭의 풍경화다. 계절마다, 시간마다 변화하는 색과 모양은 언제 보아도 시선을 돌릴 수 없을 만큼 조화로워 그 즈화가 아름다움을 더욱 빛나게 한다. 미국 중남부 지역처럼 지평선까지 나무 한 그루 없이 광대한 평지로만 이루어진 지형이라면 눈 아래로 내려다보이는 높낮이의 조화를 실감하지 못할 것이다. 맨해튼처럼 조금의 빈틈도 허용하지 않고 경쟁하듯 빽빽하게 들어선 빌딩 숲이라면 눈앞을 가리는 것 없이 저 멀리 수십 킬로미터까지 직선으로 가로지르는 시선의 상쾌감을 맛볼 수가 없을 것이다. 이타카에는 광막한 평원과, 답답한 대도시에서는 상상할 수 없는 조화로움이 있다.

이타카의 근원은 카유가 호수에 있다. 카유가는 원래 '큰 늪지 사람들'이란 뜻으로, 오래전 이곳에 살던 원주민 부족의 이름이다. 이 이름이 그대로 호수 이름으로 정착된 것이다. 카유가 부족은 모호크, 오네이다, 오논다, 세네카 부족과 함께 이로쿼이Iroquois 원주민 연맹을 만들어 뉴욕 지역에 살았다. 정작 원주민들은 멀리 보호구역으로 밀려나고 지금은 그들의 이름만 남았다. 절경을 자랑하는 호수와 폭포, 계곡과 협곡 대부분에는 원주민 부족의 이름이 붙어 있다.

　미국 동북부 5대호 중 가장 오른쪽에 있는 온타리오 호수 아래엔 '핑거레이크Finger Lakes' 지역이 있다. 긴 손가락 모양의 다섯 개 호수가 있어서 그렇게 부르는 것이다. 지도상으로 보면 손가락 모양이라기보다는 날카로운 손톱 끝으로 긁어낸 듯한 모양이라고 하는 게 더 정확할 듯하다. 그중 가운뎃손가락 모양을 하고 있는 가장 긴 호수가 카유가 호수다. 호수 일대는 일반 내륙과 달리 날씨 변화의 폭이 크고, 특히 겨울엔 눈이 많이 내리며 기온이 영하 20도까지 내려가는 경우도 있다. 하지만 다른 계절에는 햇볕이 좋아 포도 농사가 잘된다. 그래서 캘리포니아와 함께 미국에서 가장 질 좋은 포도주를 생산하는 것으로 유명하다. 특히 화이트 와인은 그 향과 맛이 좋아 널리 사랑받고 있다. 호수를 둘러싼 언덕에서 숲이 아닌 넓은 평원은 대부분 포도밭과 와이너리다.

　이타카 양쪽 언덕에서 카유가 호수까지 구불구불 내려오는 모양으로 형성된 협곡은 이타카의 또 다른 자랑이다. 그래서 이타카 사람들은 "Ithaca is Gorges"란 말을 입고 다니는 티셔츠에도, 매일 쓰는 머그컵에도 새겨놓았다. 처음엔 이 문장을 보고 무슨 뜻인가 의아해

터개닉 폭포

했다. 문법적으로 정확하게 맞지도 않는 문장이 이상했다. 알고 보니 이타카에는 아름다운 협곡이 많다는 뜻이었다. 협곡을 뜻하는 'gorge'의 복수형과 매우 아름답다는 뜻인 'gorgeous' 두 단어의 의미를 한꺼번에 표현한 문장이었던 것이다. 코넬 대학교 북쪽 캠퍼스와 중앙 캠퍼스를 잇는 다리에서 협곡을 내려다보노라면 매일 지나다니며 보는 협곡인데도 매번 그 풍경이 눈길을 사로잡을 정도로 아름답다. 협곡 위쪽의 비비 호수에서 쏟아져내리는 물줄기는 어찌나 풍성하고 세찬지 그 포말이 다시 높다란 다리 위까지 튀어오를 정도다.

그중에서도 터개넉Taughannock 폭포가 있는 협곡은 그 규모가 어마어마하다. 카유가 호수 서쪽 언덕 위에서 쏟아져 내리는 터개넉 폭포는 미국 동부 지역에서 가장 높은 폭포66미터로 나이아가라 폭포보다도 더 높다. 수량이 풍부한 봄과 여름엔 폭포에서 떨어지는 물이 바람을 일으켜 몇백 미터 전방까지 얼음처럼 차가운 기운을 내뿜는다. 물보라에 온몸이 젖는 것을 개의치 않는다면 가까이 다가가 색다른 시원함을 맛볼 수도 있다. 폭포 아래 넓게 고인 큰 웅덩이는 수영하기에도 좋아 여름철 더위를 식히는 데 그만이다. 사람들은 폭포를 따라 물속으로 뛰어들기도 하고 물보라를 맞는 재미로 폭포를 찾기도 한다. 경비행기를 타고 하늘에서 내려다보면 마치 깊고 높은 나무숲 한가운데 커다란 선녀탕이 생긴 것처럼 보인다. 가을철 알록달록한 색깔로 화려하게 변신한 숲 가운데 넓고 둥근 원 모양으로 파인 폭포

수 자리는 은밀한 아름다움이 있다. 건너편에 앉아 웅장한 소리와 바람, 화려한 모습을 그저 보고 있기만 해도 시간 가는 줄 모른다. 호숫가에서 폭포까지 협곡을 따라 30분 정도 걸을 수 있는 트레일은 이타카 사람들이 가장 여유롭게 산책을 즐길 수 있는 곳이다. 호수 주변에 있는 공원은 피크닉을 하거나 바비큐 파티를 하기에 그만이다. 공원 잔디밭 곳곳에 만들어둔 탁자 옆에 바비큐를 할 수 있는 그릴이 세워져 있어 따뜻한 햇살이 쏟아지는 휴일엔 피크닉 박스를 들고 나온 가족들을 많이 볼 수 있다. 남자들이 고기와 소시지를 굽는 동안 여자들은 음료수를 마시며 대화를 나누고 아이들은 마냥 뛰고 뒹군다.

호수에서는 카약, 보트, 조정, 세일링 등 각종 수상 스포츠를 즐길 수도 있다. 보트나 카누는 저렴한 비용으로 빌려 누구나 사용할 수 있고, 파도가 세지 않은 날엔 어린아이들도 노를 저으며 수면 위를 가를 수 있다. 누구든 코넬 대학교 마리나에서 세일링을 배울 수도 있다. 카누같이 사람의 힘으로 움직이거나 모터보트처럼 모터 동력을 이용하는 것이 아니라 순전히 바람과 파도의 힘으로만 움직이는 세일링은 수상 스포츠 중에서도 단연 돋보인다. 바람의 방향과 세기를 읽고 때론 역풍으로, 때론 순풍으로 돛을 움직여 방향과 속도를 조절한다. 시끄러운 모터 소리와 떨림 없이 바람의 힘만으로 수면 위를 매끄럽게 미끄러지고, 날씨와 햇빛에 따라 시시각각 변화무쌍한

자연을 경험할 수 있으며, 끝이 보이지 않는 호수 중앙에서 돛을 내
리고 파도에 몸을 맡긴 채 햇살을 즐기는 것은 편안한 휴식의 진수라
부를 만하다.

드윗 클린턴과 이리 운하

드윗.

이 이름은 뉴욕 주를 다니면서 가장 많이 접하는 이름 중 하나이다. 이타카만 하더라도 드윗은 큰아이가 다니는 중학교의 이름이기도 하고 내가 좋아하는 서점이 있는 다운타운의 큰 건물 이름이며, 코넬 대학교로 들어가는 도로 이름 중 하나이기도 하다. 지명, 학교, 도로, 건물을 막론하고 가장 많이 볼 수 있는 그 이름의 주인공은 뉴욕을 미국에서, 아니 세계에서 가장 유명하고 부유한 주로 만든 주지사 드윗 클린턴DeWitt Clinton이다. 클린턴이란 지명도 많아 처음엔 미국 42대 대통령 빌 클린턴에 대한 미국인의 존경심이 높은 줄 알았더니 그 클린턴이 아니라 옛날 주지사였던 드윗 클린턴의 이름을 딴 것이었다.

그는 1803년부터 13년 동안 뉴욕 시장으로, 또 1817년부터 11년 동안 뉴욕 주지사로 일했는데 그의 가장 큰 공헌은 이리 운하Erie Canal라 불리는 뉴욕 주의 대운하를 건설한 것이다. 이리 운하는 뉴욕뿐 아니라 미국 전체 경제를 부흥시키는데 결정적인 역할을 했다. 그가 뉴욕 주지사가 된 1817년부터 8년에 걸쳐 완공된

이 운하는 뉴욕 북서부의 이리 호수에서 맨해튼까지 584킬로미터를 연결하는 뉴욕 경제의 대동맥이 되었다. 당시 밀가루 1톤을 버펄로에서 맨해튼까지 보내는 데 운임은 120달러였고, 시간은 3주가 소요됐다. 그런데 운하가 완공된 이후, 이는 각각 6달러와 8일로 현격히 줄어들었다. 또 운하 덕분에 시카고와 디트로이트는 대규모 공업도시로 성장하는 기반을 갖추었으며 서부 개척 시대가 본격적으로 시작돼 동부 경제와 서부 경제를 연결하는 활로가 열렸다. 뉴욕 시장이 활기를 띠자 유럽의 대자본이 쇄도하면서 뉴욕은 그야말로 국제 거래의 중심으로 부상했다. 약 200년이 지난 지금의 후손들도 그 덕에 풍요를 누리게 되었으니 도시든 학교든 그의 이름을 붙여 드높이는 데 충분한 이유가 있는 것이다.

하지만 그의 후손들은 현명하게도 그의 이름과 공적만을 칭송할 뿐 지금이 불경기라 하여 당시의 운하 사업을 그대로 모방하지는 않는다. 당시 미국 동부를 남북으로 가로지르는 애팔래치아 산맥 서부에는 백인의 정착이 금지될 정도로 동부와 서부의 왕래가 드물고 길도 별로 없었다. 그나마 있는 도로라고 해봐야 서부영화에서 볼 수 있는 마찻길이 전부였다. 마차로 옮길 수 있는 물건이라고는 수화물 수준이고, 무거운 물건들은 수로로 운송하는 방법밖에 달리 도리가 없던 시절이었다. 그래서 당시 운하 사업은 많을 땐 5만 명까지도 인부를 고용할 만큼 번성했다. 뉴욕 주에 아일랜드, 웨일스 출신이 많은 이유도 그때 고용되어 정착한 이들이 많기 때문이다.

또한 당시 운하 사업은 충분한 시간을 두고 신중하게 진행된 것이었다. 운하 건설이 처음 제안된 후에도 그 타당성을 두고 100년이 넘도록 대토론이 벌어졌으며, 타당성 조사를 끝내고도 25년 이상의 시간을 들여 사업의 현실성을 검토하는 등 그야말로 충분한 논의가 있었다. 당시 토머스 제퍼슨 대통령은 미 연방정부 전체 예산에 버금가는 700만 달러의 공사비 때문에 운하 건설은 100년 후에나 가능하다며 예산 지원에 반대했다. 그로부터 50년 정도 뒤의 일이지만 미국이 알래스카를 매입하는 데 든 비용이 720만 달러였다고 하니 여기 견줘보면 당시 운하 사업의 규모를 가늠할 수 있다. 하지만 드윗은 오랫동안 주민들을 설득하고 공채를 발행하는 등 자구 수단을 동원해 뚝심 있게 사업을 추진했고 주민들에게 한 약속을 철저하게 지켰다. 그 결과 운하 운행 7년 동안의 통행료 수입만으로 공사비를 만회했다. 이리 운하의 이런 배경을 알고 나니 그로부터 약 200년이 지난 지금, 한반도를 소용돌이에 몰아넣은 대운하 논쟁이 뜬금없게 느껴진다. 서울에서 부산까지, 기차로 세 시간이 걸리지 않고 차로 휴게소마다 들러 쉬면서 가더라도 다섯 시간이면 갈 수 있는 거리에 수십조 원의 비용을 들여 대운하를 만들어야 한다는 논리를 뉴욕의 드윗 후손들은 어떻게 생각할까 궁금하다.

진정한
이타칸이 되려면

아름다운 이타카의 주인, 진짜 이타칸Ithacan은 누구일까? 진정한 이타칸이 되기 위해서는 소박하고도 귀여운 세 가지 관문을 통과해야 한다.

첫째로는 사슴을 차로 쳐본 이웃을 최소한 다섯 명 이상 알고 있어야 한다는 것이다. 이는 그만큼 사슴을 치는 사고가 많다는 뜻이다. 로드킬을 당해 길가에 쓰러져 있는 사슴을 항상 볼 수 있다. 나역시 밤길에 갑자기 수풀 속에서 도로로 들어선 사슴을 칠 뻔한 적이몇 차례 있었다. 특히 밤에 헤드라이트 앞에 선 사슴은 얼어붙은 듯움직이지 못하는 경우가 많다. 시선을 멀리 두고 미리 사슴을 발견하지 못하면 충돌을 피하기 어렵다. 그러니 사고를 피하려면 사슴이 어느 지역에 많이 사는지, 어느 시간에 많이 돌아다니는지를 미리 알고 있어야 한다. 결국 구석구석 사슴의 서식지와 생활 습관에 익숙해야 한다는 뜻이다. 몇 년 정도 돌아다니다보면 자연스레 사슴의 습성을 알게 된다. 사슴의 습성을 알 정도의 기간이라면 지역 사람들의 문화를 알기에도 충분한 시간일 게다. 이 조건은 지역민뿐만 아니라 지역 주민의 일부인 사슴까지도 충분히 이해해야 한다는 의미이고, 그런 이해에 도달했을 무렵이면 결과적으로 다섯 명 이상의 사슴 충돌 사고 경험자도 알게 된다는 뜻이다.

그런데 왜 사슴 충돌 사고를 다섯 번 이상 직접 경험한 사람이 아니라 그런 사고를 경험한 사람을 다섯 명 이상 '알고 있는 사람'이어야 하는 걸까. 여기에는 사슴을 보호해야 한다는 생각이 바탕에 깔려 있다. 이타카 사람들의 동물 보호, 동물 사랑은 끔찍할 정도다. 이는 미국인들의 공통적인 모습이기도 한데, 이들은 동물을 지칭할 때 '그 것It'이란 말을 쓰지 않고 항상 '그He' 또는 '그녀She'라는 표현을 쓴다. 집에서 키우는 개나 고양이는 이미 가족의 일원으로 사람과 전혀 다를 바가 없다. 얼싸안고 키스하고 어디든지 함께 간다. 호텔에서도 반려동물은 숙박료를 따로 받는다. 사슴, 토끼, 너구리 등은 집에서 반려동물로 키우지는 않지만 같은 지역 주민이므로 반려동물과 마찬가지의 대우를 받는다. 가끔 정원을 지키기 위해 덫을 놓는 사람들과 덫으로 인해 다칠 동물들을 걱정하는 사람들 간에 승강이가 벌어지기도 한다. 만일 사슴 충돌 사고를 다섯 번 이상 직접 경험한 사람이라면 그만큼 사슴의 습성을 잘 이해하지 못하거나 운전이 거친 사람이라는 뜻이므로 이를 이타칸의 조건으로 내걸 수는 없다. 생각하면 할수록 이 조건은 사슴과 사람, 지역에 대한 이해를 내세우는 것인 동시에 동물에 대한 배려를 느끼게 하는 훌륭한 관문이란 생각이 든다.

두번째 조건은 늦봄과 초가을엔 아침저녁에 히터를 켜고 낮엔 에어컨 켜는 걸 잊지 않아야 한다는 것이다. 이타카는 북반부에 위치해 있어 겨울이 길고 몹시 춥다. 10월 초순부터 눈이 오고 봄이 늦게 올 때는 5월까지 눈싸움을 할 정도이다. 여름엔 햇볕은 따갑지만 습도가 낮아서 그늘만 찾으면 금방 서늘해진다. 봄가을엔 일교차가 심해서 낮의 따가운 햇볕만 생각하고 겉옷을 준비하지 않았다가 추워서 고생하는 관광객이 많다. 6월이나 7월 초까지 아침저녁으로 히터를 켜거나 벽난로를 피우는 것은 자연스런 풍경이다. 주택은 대체로 목조건물인 데다가 오래되었다. 낡았다고 부수는 것이 아니라 문짝과 창틀을 바꾸어가며 계속 고쳐 쓴다. 목조건물이 비록 돌이나 콘크리트 건물보다 겨울에 더 춥지만 바깥의 찬 공기가 안으로 스며들어와 건강에는 더 좋다고 하는 사람들도 많다. 난방용 히터를 일찍부터 켜긴 하지만 히터보다는 집 안에서 옷을 두껍게 입는 걸 더 좋아한다. 그래야 에너지도 절약하고 건강에도 유리하기 때문이다.

세번째 조건은 10월의 마지막 날인 핼러윈 트릭 오어 트리팅Trick or Treating, 코스튬을 입고 집집마다 돌아다니며 사탕을 받는 풍습에 아이를 내보낼 때 코스튬 속에 두꺼운 솜 내의를 입힐 줄 알아야 한다는 것이다. 이타카에서 10월 말은 이미 초겨울에 들어선 시기이다. 겨울용 바지와 셔츠는 물론 겉옷까지 입어야만 저녁의 추위를 견딜 수 있다. 아이들은 저녁 어스름이 깔리기 시작하면 귀신, 몬스터, 영화 속 캐릭터의 코스튬을 차려입고 한껏 멋을 부리며 사탕을 받으러 이웃집을 돌기 시작한다. 이때, 얇은 천으로 만들어진 코스튬만 입고서는 추위를 견디기 어렵다. 그래서 이타카 아이들은 내의를 안에 입을 수 있도록 약간은 넉넉한 크기의 코스튬을 준비한다. 이타카에 온 지 1년이 안 된 외부인의 아이들만 맨살이 드러나는 하늘거리는 백설공주 코스튬을 입고 오들오들 떨다가 결국 애써 준비한 코스튬이 소용없게 두꺼운 외투를 입고야 만다.

　대도시에선 아이들의 안전을 위해 트릭 오어 트리팅 때 항상 부모들이 아이들과 함께 다니지만 이타카에서는 그런 경우가 드물다. 어른들은 주로 집 안에서 아이들 맞을 준비를 한다. 아이들은 앞에 반짝이 장식이나 호박을 깎아 만든 등이 놓여 있는 집으로 찾아가 "트릭 오어 트리트Trick or Treat"라고 외치면서 "사탕을 주지 않으면 장난을 쳐서 어질러놓을 거야"라고 애교 어린 협박을 한다. 아이들은 한편으론 문을 열고 나오는 어른들이 코스튬을 입은 자신들의 모습에

깜짝 놀라는 걸 즐기고, 또 한편 이웃집을 방문할 때마다 무거워지는 사탕 주머니의 무게감에 만족하면서 힘든 기색이 없다. 아이들을 기다리는 어른들 또한 아이들을 놀래주려고 많은 준비를 한다. 도깨비 가면을 쓴 어른이 집 안에서 문을 열고 갑자기 튀어나오면 오히려 아이들이 기겁을 하기도 한다. 내가 이타카에 머물 적, 아이들이 가장 놀란 것은 어떤 집에서 괴물 가면을 쓴 남자가 목에 쇠줄을 걸고 튀어나왔을 때였다. 그런 집일수록 더 많은 사탕을 받을 수 있어서 아이들이 더 좋아하기도 한다.

사슴, 그리고 추위. 결국 진정한 이타칸이 되기 위한 길은 이타카의 자연 속에, 그 풍경의 일부로 스며드는 일일 뿐이다. 자연과 함께 조화롭고 현명하게 살아가는 방법을 체득할 것. 오직 그것뿐이다.

그래서 나는 이타카가, 그리고 이타카 사람들이 좋다. 이타칸이 되기 위한 조건은 특별하거나 까다롭지 않아서 좋다. 그 조건은 "그 정도론 부족해"라는 부정형을 위한 것이 아니라 "그쯤이면 이제 이타카 사람이 다 되었군"이라고 말할 수 있는 수용형으로 쓰이기 위한 것에 불과하다. 그래서 편안하다. 어쩌면 이 세 가지 조건은 오히려 이타카에 정착하기 위한 도움말 정도라고 할 수 있다. 이방인을 차별하고 배척하기 위한 텃세가 아니라 또 다른 누군가를 받아들이기 위한 관문인 것이다. 그런 관문이라면 얼마든지 괜찮다.

빨래

　너무나 아름답던 여름이 지나고 짧은 가을이 잠시 머물던 10월 중순 어느 날, 맑고 투명한 하늘과 따스한 햇볕이 너무도 아쉬워 뭔가를 하지 않고는 견딜 수가 없었다. 후다닥 아이들 방과 책상 아래, 화장실 구석 등에 숨어 있던 양말이며 옷가지를 한 아름 들고 나와 빨래를 했다. 그리고 마당 구석 세 그루 나무에 둘러 기역 자 모양으로 묶어둔 하얀 빨랫줄에 널었다. 빨래통 위로 쌓인 옷가지가 눈앞을 가릴 만큼 수북했다. 그래서 조심조심 걸음을 옮겨야 했지만 빨래를 널 때는 빨랫줄의 길이가 넉넉하니 티셔츠와 바지까지 한껏 기지개를 켜도록 넓게 널어도 괜찮았다.

　옷을 탁탁 털어 주름을 펴는 소리도 경쾌하고 그 소리와 함께 상쾌한 대기 속으로 번져 오르는 물 입자가 손등과 얼굴에 닿는 느낌도

싱그럽다. 오래전 신혼일 때 아내가 빨래는 이렇게 널어야 한다며 가르쳐준 요령을 새겨두길 참 잘했다. 모두가 적당히 물기를 머금고 있지만 두꺼운 옷은 두꺼운 대로, 얇고 가벼운 것은 가벼운 대로 손끝으로 전해오는 느낌이 모두 다르다.

옷마다 하나씩 자기 기억을 갖고 있다는 것이 신기하기만 하다. 방과 후 학교 체육관이나 동네 축구 클럽에서 20명의 아이들이 공 하나를 따라 우르르 몰려다니고 넘어지고 뒹굴어서 흙투성이가 되는 모습, 동네 아이들과 숲 속을 신나게 뛰어다니며 놀다가 목욕하러 걸어가면서 옷을 벗는 모양 들이 그 옷 속에 그대로 남아 있다. 옷에 남은 얼룩은 어쩌면 독한 세제로 지워 없애야 하는 것이라기보다 그 사람의 지난 생활로 기록되어야 하는 것일지도 모른다.

한쪽 팔은 안쪽으로, 다른 쪽 팔은 바깥쪽으로 빠져나와 있는 옷은 틀림없이 큰아이와 아내의 것이다. 옷은 사람의 습관과 성격까지 고스란히 담고 있다. 그걸 알고 있으니 이제는 빨래통에 들어 있지 않은 빨래들을 찾아내는 데에도 익숙해졌다. 손발에 땀이 많은 큰아이의 양말은 신발과 함께 벗어던져져 신발장 근처에 있거나 자주 배깔고 누워서 책을 보던 거실 소파 밑에 손을 넣으면 쉽게 찾을 수 있다. 공처럼 돌돌 말린 채 내버려져 있는 아내의 양말을 발견하면 책을 보거나 뭔가 다른 일을 하면서 손이 아니라 발가락 끝으로 양말을 벗곤 하는 아내의 모습이 선하게 떠오른다. 워낙 운동량이 많아 항상 이마에 땀을 달고 다니는 작은아이의 빨랫감은 큰아이 것의 두 배다. 빨랫거리를 꺼내 들어보면서 이 녀석이 무얼 하고 있었는지 상상해보는 것은 또 다른 세상으로의 여행이다. 그렇게 나는 빨래 덕분에, 텅 빈 집에서도 심심할 겨를이 없었다.

아직 따가운 햇볕에 슬랑 하고 부는 바람이 더욱 반갑다. 가볍게 흔들리는 옷가지들은 이제 가서 차라도 한잔 하라고 손 흔드는 것 같다. 뽀얗게 변한 속옷이 눈부시다. 하얀 빨래들이 햇살에 부서지는 모습에 가슴 한가득 포만감이 차올랐다. 얼마나 뿌듯했는지 모른다. 미국으로 오기 전에 보았던 〈빨래〉라는 한국 뮤지컬도 덤으로 떠오른다. 동생의 학비를 벌겠다고 몽골에서 한국으로 이주해온 외국인 노동자의 이름이 뭐였더라, 머릿속이 가물가물하다가 "아 '솔롱고' 였지" 하고 무릎을 치기도 한다. 강원도에서 서울로 온 처녀의 강릉 사투리도 정말 살가웠다. 그 둘이 서울 빈민가 옥상에서 빨래를 널다가 만나 서로의 외로운 마음을 어루만져주는 사랑 이야기는 아프고 아름다웠다.

뭐 더 할 일이 없는지 여기저기를 찾아다니다 큰아이가 벗어 아무데나 던져놓았음이 분명한 양말 한 짝을 뒤늦게 발견했지만 전혀 짜증스럽지 않았다. 사라진 나머지 한 짝을 찾느라 눈살을 찌푸리지도 않았다. 역시 지난 주말에 틈을 내어 빨랫줄을 사러 나간 것은 아주

잘한 일이었다.

　한참 후에 알게 되었지만, 미국의 많은 지역에서는 집 바깥에 빨래를 널어두는 것을 금지하고 있다. 이른바 '빨랫줄 사용 금지 조례 Clotheslines Ban'다. 지역 커뮤니티 연합과 그 커뮤니티에서 가장 발언권이 강한 땅주인, 집주인 들의 목소리가 크게 작용한 결과다. 아마도 총기 제조업체 연합이 총기사용규제 법안을 만들지 못하도록 하는 것처럼 세탁소 연합과 건조기 제조업체 같은 곳에서도 입법 과정에 엄청난 돈을 들여 로비를 했을 것이다. 간혹 영국과 캐나다에서도 빨랫줄 사용을 금지하는 곳이 있기는 하지만 미국처럼 강력하게 전국적으로 시행되지는 않는다.

　몇 해 전 미시시피 주에선 빨래를 마당에 널려는 사람과 그걸 막으려는 이웃 간에 싸움이 벌어져 총질까지 하게 된 사건도 있었단다. "우리는 창문을 열었을 때 빨래 대신 새와 나무, 꽃을 볼 권리가 있다"는 주장이 슬로건이다. 빨랫줄 사용을 금지하는 이유는 질서 없이 널린 빨래가 도시 미관을 해치고 가난한 동네라는 인상을 심어주어 집값이 떨어지기 때문이라는 것이다.

　이런 경제적, 표면적 이유 이외에 미국인이 터부시하는 심리적인 요인도 있다. 물론 쉽게 일반화해서는 안 되지만, 많은 미국인들은 남의 집이라도 집을 지저분하게 방치하는 것을 싫어한다. 심한 경우엔 차고의 문을 한 시간 이상 열어두어도 옆집 사람이 문 닫으라고 간섭할 정도이다. 차고에는 온갖 잡동사니가 쌓여 있으니 미관상 보기 좋지 않다는 뜻이다. 어떤 부자 동네에선 아이들의 자전거와 소꿉놀이 용품 같은 장난감도 앞마당에 늘어놓지 못하게 하고, 낡아빠진 자동차를 차고가 아니라 길거리에 주차하는 것을 문제 삼기도 한단다. 백인들끼리도 지저분한 것을 그냥 방치하는 사람을 "White Trash"라고 경멸조로 비난한다. 그러니 빈민가의 심벌이라 할 빨랫줄 사용을 금지하는 것은 상당히 상징적인 의미가 있는 것이다. 또 미국인은 집안 또는 가정사의 불미스런 일을 외부에 드러내지 말라는 뜻으로 "Don't air your dirty laundry"라는 표현을 쓰곤 한다. '빨래 널기'라는 뜻의 'Airing Laundry'가 더러운 가정사를 부주의하게 드러낸다는 뜻이 된 것이다. 개인주의 성향이 강하고 타인의 행동에 간섭하지 않는 그들의 기본 태도와는 모순되는 독특한 터부이다. 이런 경향은 고급 주택가일수록 강해진다.

하지만 최근 들어 한편에선 빨랫줄 사용 운동이 확대되고 있다. 2009년부터 플로리다, 콜로라도, 메인, 버몬트 주 등에서 빨랫줄 사용 금지 조례를 무효로 만드는 법 제정 움직임이 성공을 거두고 있다. 메릴랜드의 한 주민은 빨랫줄 사용의 이점, 건조기 사용의 폐해를 알고 나서부터 계속 빨랫줄을 사용하고 있다. 옆집에서는 소송을 하겠다며 위협해왔지만 에너지 절약과 환경보호의 중요성을 외면할 수는 없었다는 것이다. 그는 "비키니 차림으로 뒷마당에서 무슨 짓을 해도 괜찮은데 빨래를 널 수 없다는 것은 이해할 수 없는 일"이라고 항변한다. 마켓에서 빨랫줄과 건조대는 팔면서 자연광을 받을 수 있는 마당을 사용하지 말라는 것도 납득하기 쉽지 않다. '빨래 말릴 권리Right to Dry' 운동이 점점 넓게 번지고 있다. 탱크 소리를 내며 돌아가는 빨래 건조기는 가계 전력 소비량의 6퍼센트를 차지할 정도로 낭비가 심하고 가동중에 뿜어내는 열기는 지구온난화를 가속화시킨다는 목소리가 설득력을 얻어가고 있다. 이들 주장의 핵심은 에너지, 기후, 가계의 위기를 구하기 위해 빨랫줄을 사용해야 한다는 것이다.

어딜 가나 갈등과 그 해법은 있게 마련이고 양쪽 모두 나름의 합당한 이유를 갖고 있다. 동네에 빨래가 어지럽게 널려 있는 모습, 깨끗한 주택가 마당이 빨래로 꽉 찬 모양을 상상하면 그곳 집값이 올라갈 것 같지는 않다. 자기 집 마당에 빨래를 널 때의 즐거움이 존중되어야 하는 것처럼 창문을 열었을 때 빨래 대신 나무와 꽃을 보고 싶은 마음도 보호받아 마땅하다. 집값의 하락을 막아야 하는 경제적 이유가 환경보호의 필요성보다 가볍다고 감히 말하기는 쉽지 않다. 이럴 때 필요한 것이 공동체를 이루고 더불어 사는 지혜가 아닐까. 마을 미관을 해치지 않으면서도 빨랫줄을 사용할 수 있는 방법을 서로 조금씩 양보한다면 찾을 수 있지 않을까. 이를테면 앞마당을 완전히 가로막는 것은 안 되지만 뒷마당이나 건물 옆 공간에서는 사용할 수 있다는 식으로 말이다.

　하지만 미국이 빨랫줄 사용을 오래전에 조례로 막고는 최근에 와서야 다시 법률을 만들어 이를 허용하는 움직임은 별로 좋아 보이지 않는다. 애초에 너무 일방적이고 성급하게 조례라는 법적 수단을 사용했고, 그러다보니 융통성이 없어지고 변화된 의식과 상황에 적응하기 곤란해진 것이다. 법은 최소한일 때가 최선이다.

　그러고 보니 동네 정원에 빨랫줄을 널어놓은 집이 별로 없다. 하지만 가끔씩 어느 집 마당에서 야외 안테나처럼 하늘을 향해 입을 벌린 채 꽂혀 있는 빨래 건조대를 볼 수 있다. 우리 집으로 가는 골목에서도 그런 곳 몇 집을 발견했다. 물론 자랑하듯 길가에 나와 있는 것은 아니고 바깥에서 잘 보이지 않는 안쪽 정원에 자리를 잡았다. 이타카에 빨랫줄 사용 금지 조례는 없다고 하지만 내게 그 많은 즐거움을 안겨준 빨래 너는 일이 미국의 많은 지역에서 금지된 행동이란 사실은 서글픈 일이다. 이참에 미국에서 빨랫줄 사용 권장 운동가로 나서볼까 실없는 생각도 해본다. 어쨌거나 나는 계속 마당에 빨래를 말리고 따스한 햇볕과 바람을 즐기고 있다. 사람들의 논쟁을 보고 저 풍요로운 햇살은 무어라 할까.

아빠
이발관

미국 온 지 석 달이 넘도록 온 가족이 머리 손질을 못했다. 전화, 인터넷, 계좌 개설 등 정착을 위한 일들에 정신이 팔려 머리칼이 얼마나 길었는지 생각할 겨를도 없었거니와 고정적으로 만나는 사람도 없고 남 의식할 필요도 없으니 머리칼이 길든 짧든 상관할 바 아니었다. 이참에 2년 동안 깎지 않고 길러보리라 섣부른 욕심도 부려봤지만 더이상 소용이 없었다. 머리를 움직일 때마다 눈을 찔러대는 앞머리는 이래도 버틸 테냐고 작정을 한 듯 덤벼들었고, 턱까지 내려온 구레나룻과 귀를 덮은 머리칼은 세수를 할 때마다 거치적거려 얼굴과 귀를 씻지 못하게 방해했다. 처음엔 뒷목을 덮은 머리칼이 강한 햇볕을 막아주니 선크림을 바를 필요도 없고 좋구나, 했던 것이 땀으로 뒤엉키기 시작하면서 불편해지기 시작했다.

머리를 기르고 폼을 잡는 것도 아무나 하는 게 아니란 사실을 그렇게 실감하고서야 누군가 필요할 거라며 여행 가방에 찔러넣어준 이발 가위를 찾기 시작했다. 가위 세트에는 평범한 모양이지만 날이 날카롭게 벼려진 가위와 한쪽 날이 섬세한 빗처럼 생겨 머리숱을 치는 데 쓰는 가위, 그리고 머리카락이 옷 속으로 들어가지 못하게 막는 망토와 작은 빗이 들어 있었다. 가위는 제삿날 구운 오징어를 손보거나 구운 김을 자를 때 사용해본 것이 전부이니, 내가 가위로 살아 움직이는 가족의 머리칼을 자르게 될 줄은 상상도 해본 적이 없었다.

　미국의 미용실이나 이발소에 동양인이 들어갔다가 나오면 한결같이 '영구'가 된다는 이야기를 워낙 많이 들었고, 거기에다 서양 사람과 동양 사람은 머릿결이 달라서 미국인 미용사는 동양인의 머리칼을 제대로 자르지 못한다는 식의 꽤나 그럴듯해 보이는 논리도 따라붙었다. 그 말을 듣고 주변의 미국인을 보니, 파마를 하거나 웨이브를 한 사람이 거의 없고 대부분이 생머리를 자연스럽게 묶거나 짧게 자른 모습에, 왠지 그들의 머리카락은 가늘고 부드러울 것 같기도 했다. 어떤 이는 중국인들이 우리나라 1970년대 중학생처럼 머리를 밀고 다니는 이유는 돈이 없어서이기도 하지만 미국 미용사를 그만큼 믿지 못하기 때문이라는, 믿어야 할지 말지 모를 이야기도 해주었다. 근처 쇼핑몰에 있는 캄보디아 출신 미용사가 그나마 머리 손질을 잘한다고 추천하던 사람도 있었지만 정작 그런 추천을 해준 그의 머리 모양을 보고서는 일찌감치 미용실 갈 생각을 접었다.

　그러고서는 이참에 가족들의 머리를 내 손으로 다듬어봐야겠다는 경박한 마음을 품었다. 먼저 깎는 사람은 무조건 희생양이 되어야 했다. 준비성이 철저하거나 매사 꼼꼼하게 챙기는 습관이 있다면 싸구려 가발이라도 사서 한 번쯤 연습을 했겠지만 우리에겐 그런 준비성이나 부지런함이 없었다. 아내와 두 아이가 가위를 들고 나온 내 앞에 서서 곤란한 시선을 주고받고 있었다.

　역시 예상대로 평소 외모에 전혀 관심이 없고 순진하기 끝이 없는 큰녀석이 내손에 들린 가위와 내 얼굴을 번갈아 쳐다보더니 머리를 내밀었다. 망설이거나 갈등하는 흔적 같은 것도 없었다. "근데 책 봐도 돼?" 녀석은 어떤 말이든 경제적으로 반 토막을 내서 짧게 한다. 머리를 깎는 중에 책을 본다는 것이 맘에 들지 않았지만 생전 처음 가위를 들고 나선 아빠에게 선뜻 제 머리칼을 헌납하겠다는 것이니 무슨 요구든 들어주지 않을 수가 없었다.

　무엇부터 시작해야 할지 몰라 한동안 빗질만 계속했다. 일단은 미용사가 손질을 했던 지금의 머리 모양을 최대한 기억하려 했다. 그래도 별 대책이 나오지 않았다. 일자 가위보다는 머리숱 치는 가위가 덜 위험해 보였다. 숱 치는 가위를 주로 사용하고 일자 가위는 마지막으로 다듬을 때 사용하기로 했다. 일단 앞머리가 제일 신경 쓰이니 눈썹 위 일정한 길이로 잘라보았다. 아이는 영구가 되었다. 이제는 아이가 거울을 보지 않고 책을 보는 것이 오히려 고마웠다. 책 보느라 고개를 약간 숙인 상태였으나 미용사가 하는 것처럼 머리를 들라 내리라 마음대로 요구할 수도 없고 내가 허리를 굽혀 위치를 맞출 수밖에 없다. 층이 생기도록 잘라보라는 아내의 충고를 따라 빗을 이용해가며 머리꼭지를 향해 조금씩 짧게 잘라보았다. 영구 머리는 조금씩 눈에 익은 미용실 머리 모양을 내기 시작했다.

조금씩 자신감이 생기기 시작하니 손끝에 전해지는 아이의 머릿결도 느낄 수 있었다. 잠잘 때나 안아줄 때 손바닥으로 쓰다듬는 느낌과는 또 다른 것이었다. 참기름을 바른 듯 윤이 났고 반질반질한 매끄러움이 손가락 사이로 전해왔다. 슥삭슥삭 가위질 소리도 가벼웠다. 도르르 말렸다가 다시 펴지면서 제자리로 돌아가는 머리칼은 생생한 탄력을 가졌다. 어린아이는 머리카락조차 생기가 넘쳤다. 춤추는 가윗날을 만나 스르르 깃털처럼 망토 위로 떨어진 머리칼까지도 아직 윤기를 잃지 않았다. 매일 하루 종일 같이 지냈으면서도 아이의 얼굴이 처음 대하는 것같이 생소하기도 했다. 뜻밖에도 아이의 얼굴이 내 머릿속에 그리 선명하지 않고 이미지만 남아 있다는 사실이 놀라웠다. 아이의 왼쪽 눈썹이 오른쪽보다 더 짙고, 왼쪽 눈이 오른쪽보다 더 깊고 크며, 양쪽 귀도 서로 다르다는 걸 새삼스럽게 알게 되었다. 열 살이 넘었는데도 볼에는 아기 솜털이 뽀송뽀송 남아 있다. 오래된 옷장 속을 정리하다 언제 넣어두었는지 알 수 없는 돈을 발견한 것처럼 뜻밖의 수확이었고, 아이에 대해 너무나 많은 발견을 하느라 그렇게 많은 머리칼이 바닥에 떨어진 줄도 몰랐다.

작은아이가 제 머리를 맡긴 것으로 내 첫번째 이발 실습은 합격점을 받은 듯했다. 내가 실수했다고 생각하는 큰아이의 앞머리 부분을 유심히 보지 않은 것인지 알고도 그냥 체념한 건지 별다른 저항 없이 내 앞에 앉으니 고마운 일이다. 가위질은 처음보다 훨씬 익숙하고 자연스러웠다. 앞머리를 손질할 땐 특히 조금씩 조심스럽게 가위를 움직였다. 작은아이의 머릿결은 큰아이와 또 딴판이었다. 더 가볍고 윤기가 덜하며 아직 웨이브가 생기진 않았지만 큰아이처럼 탄력 있는 직모가 아닌 것까지 내 머리칼을 닮았다. 유전자는 머리칼의 상태에도 부모의 성질을 남겨놓았다. 그러면서도 부모와 완전히 똑같지 않다는 것이 신기하기만 하다. 정수리에 소용돌이치는 가마가 두 개가 넘는 걸 보고 청춘이 평탄치 않으려나 은근히 걱정이 되기도 한다. 작은아이는 외모에도 신경을 써서 거울에서 눈을 떼지 않고 있다. 자기는 뒷머리를 계속 기를 생각이라며 스타일에 대한 주문도 한다. 머리칼을 생각보다 더 짧게 자르는 듯하면 곧바로 콧등을 찡그린다. 머릿속에 든 생각이 거울처럼 얼굴에 그대로 드러나는 것도 나와 똑같다. 가위가 조금만 더 깊이 파고들어도 그러면 곤란하지, 하는 의사 표시가 그대로 전달되어 가위 위치를 바꾸게 된다. 손가락 하나 까닥

하지 않고서 제 아빠를 조종하는 것에 재미가 들었는지 내 손이 움직일 때마다 표정을 바꾼다. 머리칼을 손질하면서 동시에 거울에 비친 녀석의 표정까지 살피려니 힘이 두 배로 들었다. 큰아이의 절반만큼만 머리칼을 잘라냈으니, 그 절반의 시간 만에 작은아이의 머리 손질을 끝냈다.

마지막 관문이 가장 어려웠다. 무슨 생각으로 내게 머리를 맡기냐고 묻지도 못하고 아내의 머리에 빗질을 시작했다. 아이들의 작은 머리를 만지다가 어른으로 바뀌니 한눈에 머리가 다 들어오지도 않고 어디까지가 앞머리이고 어디부터가 옆머리인지도 구분할 수 없었다. 질부터가 달랐다. 매끄럽게 끝까지 미끄러지지 않고 계속 중간에 걸린다. 머리빗을 내려놓고 아예 손가락으로 빗질을 했다. 손가락 사이로 머리칼의 굵고 거친 가닥이 느껴진다. 머리칼의 굵기, 웨이브, 윤기 등 모든 것이 아이들의 것과 비교되었다. 거친 머리칼에 시간과 세월이 묻어 있다. 아직은 나이 듦을 편안한 위안으로 받아들일 정도로 수양이 안 되어 서글픔이 몰려온다. 마음이 아릿하다.

하지만 감상에 젖을 때가 아니다. 아내는 전체를 같은 길이로 자르고 머리칼에 층이 지도록 하기만 하면 된다고 격려를 했지만 문제는 그걸 어떻게 해야 할지 전혀 모르겠다는 것이다. 일단은 긴 머리를 뭉텅뭉텅 자르는 것부터 시작했다. 한 줌 잡아서 잘라보지만 숱이 많아서 한 번에 잘리지도 않는다. 수월하게 잘리던 아이들의 머리칼과 너무도 비교되고 힘이 들어 "이건 뭐 노끈……" 하는 말이 목젖까지 올라왔지만 삼키지 않을 수 없었다. 생각처럼 가위질이 제대로 되지 않으면서 이러다 몇 달 동안 계속 모자를 쓰고 다니게 만드는 건 아닐까 하는 불안감이 스멀스멀 일어났다. 아내의 머리에 맞는 모자를 어디서 구할 수 있을까, 생각은 다른 곳으로 계속 떠돌았고 그럴수록 가위질은 더 마음에 들지 않았다. 이럴 줄 알았다면 한국 미용실에 갔을 때 다른 여자들의 머리를 좀더 유심히 봐둘걸 하는 후회가 밀려왔다.

정신을 다잡아야 했다. 숱 치는 가위로 전체적으로 조금씩 숱을 치고 머리카락 끝부터 다시 자르기 시작했다. 불안감을 떨치기 위해 좀 전과는 뭔가를 달리 해야 했다. 아차, 너무 짧게 잘랐다 싶을 때는 "세상에 아내 머리칼을 잘라주는 남편이 얼마나 될까"라는 식의 말로 연막을 쳤고, "여기는 어때" "조금 더 짧게 할까", 아이들 때와 달리 자주 의견을 물어보았다. 아내의 의견을 묻고 그 주문에 따라 가위질을 하는 것이 이중으로 면피를 할 수 있는 훌륭한 방법이란 걸 알게 되면서 한결 마음이 가벼워졌고, 손도 편하게 움직일 수 있게 되었다. 그렇게 주문에 따라 가위질을 하다보니 어떻게 마무리를 했는지도 잘 모르겠다. 내색은 하지 않았지만 아내가 눈을 동그랗게 뜨고 "생각보다 괜찮네" 하며 일어설 때 정말 가슴을 크게 쓸어내렸다.

마지막 내 차례가 되었을 때 큰아이가 가위를 달라고 불쑥 나섰다. 이 녀석이 표정 하나 바꾸지 않고 복수를 하려나보다 싶은 생각에 움찔 당황했지만 기왕의 부채감도 있고 가장의 권위를 내세워 거절하면 더 우스워질 것 같기도 해서 도리 없이 가위를 맡겼다. 이럴 때 아니면 또 언제 아들에게 머리를 맡겨보겠냐며 스스로를 위로하는 수밖에 없다. 최소한의 저항이란 것이 일자 가위는 숨기고 숱 치는 가위만 준 것이었다. 뒤쪽 머리끝을 자르는 것까지는 별 어려움이 없어 보였다. 그러다 갑자기 머리 중간에 가위를 쑥 집어넣고 서슴없이 잘라냈다. 생각보다 많은 머리칼이 뭉텅 잘려 나왔고 '복수는 나의 것'이란 영화 제목이 떠오르면서 점잔 빼고 버틸 상황이 아니란 위기감이 급습했다. 나도 모르게 "잠간만" 하는 짜증스런 소리가 생각보다 크게 터져나왔고, 제대로 생각하면서 자르는 거냐는 야단조의 말이 뒤를 이었다. 아이는 조금은 걱정스럽고 조금은 불만스러운 듯 그만하겠다고 돌아섰다. 마음 바뀌기 전에 얼른 가위를 아내에게 넘겨주었다.

하지만 안도감은 그리 오래가지 않았다. 가위질 소리부터 영 마음에 들지 않았다. 녹슨 모터가 기침하며 돌아가는 듯한 어색한 소리가 귓바퀴를 울리고 가위를 잡은 손가락은 서로 호흡이 맞지 않는다. 가위 손잡이가 익숙지 않아 오른손으로 하다가 왼손으로 바꿔보지만 여전히 어색하다. 저러다 살을 베지는 않을까 두렵기까지 하다. 머리칼을 한 번에 싹둑 자르지 못하고 가위를 들어올리는 바람에 가윗날에 낀 머리칼이 그대로 뜯겨 따가웠다. "아…… 아……" 하는 소리에 아내는 연방 "미안, 미안" 하지만 달라지는 것은 없다. 이렇게 계속 머리칼을 뽑혔다간 원형탈모 모양이 여러 군데 생기겠다 싶었다. 처음 잡아보는 가위라 당연한 일이겠지만, 차라리 큰아이에게 계속해보라고 할걸 하는 후회가 일어난다. 도저히 참을 수가 없어서 5분 타임아웃을 요구했다. 머리 모양은 쥐가 파먹다 말아도 이보단 낫겠다 싶을 정도였다.

　문득 나의 첫번째 실험 대상이었던 큰아이도 같은 심정이었을까 궁금해졌다. 녀석은 이 모든 걸 예상하고 마음의 평정을 유지하기 위해 현명하게도 머리 깎는 동안 책을 보겠다고 한 걸까. 하지만 녀석은 아프다고 소리치진 않았다. 아픈 것까지도 참은 걸까. 여기서 화를 내고 포기하면 큰아이보다 더 옹졸한 사내가 된다는 이성적 판단과 이러다간 머리칼이 다 뽑힐 거라는 걱정이 머릿속에서 소용돌이치다가 결국 다른 방법이 없다는 걸 깨닫고 다시 아내에게 머리를 내밀었다. 도마 위의 생선처럼 운명을 내맡긴 처지에 가위 든 사람을 불쾌하게 해서 남을 건 아무것도 없었다. 그저 아프지 않게, 보기 흉하지 않게, 가능한 한 빨리 끝내달라고 빌 수밖에. 머리칼을 잘리는 게 아니라 뽑히는 가운데 머리 모양의 기대 수준이 많이 낮아진 때문인지, 아내가 다 되었다고 손을 놓은 후 거울에 비춰 본 내 머리는 생각보다 괜찮았다. 물론 숱 치는 가위를 주로 사용했으니 군데군데 비어져 나온 머리카락들이 삐죽삐죽했지만 그건 다시 손볼 수 있다. 특히 답답하게 느껴졌던 구레나룻과, 뒷목을 덮었던 자리가 깨끗해져서 무엇보다 시원했다. 이마 위도 바가지를 씌운 듯 일자로 되지는 않았다. 뭐 그 정도면 만족하고도 남을 것 같았다.

네 사람이 서로 머리칼을 자르고 샤워까지 하고 나니 좀 전의 불안과 걱정은 늦은 오후 해와 함께 사라졌고 저녁 어스름만이 남았다. 적당히 선선한 바람이 깔끔해진 머리칼을 훑고 지나간다. 저녁을 먹고 수고했다고 격려하면서 아이들과 함께 동네를 한 바퀴 산책했다. 몇 시간 동안 계속 긴장해서 일을 한 탓에 팔도 아프고 목도 뻐근했지만 우리 가족 이발 비용 몇십 달러보다 훨씬 더 큰 뭔가를 얻은 듯 뿌듯했다. 모두 헤어스타일에 만족스러워 하니 그 기쁨은 훨씬 더했다. 다음 날 다시 머리를 감고 거울을 보니 양쪽 길이가 맞지 않거나 조금 더 잘랐으면 싶은 곳이 보였다. 아이들 머리도, 아내의 머리도 마찬가지였다. 다시 가위를 들고 비어져 나온 머리칼을 자르고 다듬었다. 집에서 가족들이 서로의 머리칼을 잘라줄 때 가장 큰 장점은 언제까지고 애프터서비스가 가능하다는 것이다. 마음에 들 때까지.

2부

누구든
살아
있으라

또 다른 주민,
사슴

　이타카에서 하루 중 가장 편안한 시간은 오후 여섯시에서 여덟시 사이다. 사람들은 집으로 돌아와 저녁을 준비하고 잠깐 동안 앞마당의 꽃과 나무를 손질하고 조깅을 하며 몸에 밴 냄새를 털어내듯 하루 일과를 마무리한다. 낮에는 보이지 않던 사람들이 마당과 주택가에 나타날 때 또 다른 거주자들도 함께 나타난다. 현관 밑에 굴을 파서 살고 있는 너구리와 앞마당 어디쯤에 살고 있는 오소리, 족제비 들이 서로의 존재를 의식하지도 않고 분주하게 왔다 갔다 한다. 스퀴럴이라 불리는 큰 다람쥐와 한국 다람쥐보다 더 작은 다람쥐도 쏜살같이 뛰어다니고, 나무 사이로는 온갖 새들이 지저귀며 날아다닌다.

　사슴은 그중에서도 가장 덩치가 큰 부류다. 그들은 낮에도 주택가와 인근 숲에 상주하고 있지만 이 시간이 되면 가장 많이 돌아다닌다. 항상 어미가 새끼 몇 마리를 데리고 다니는데 세 마리에서 다섯 마리 정도가 한 가족을 이룬다. 대부분은 뿔이 없다. 그러다 가을이 오면 곧 가족을 떠나 독립할 때가 다가오는 새끼 수컷의 머리에 작은 뿔이 돋는다. 가끔 긴 뿔을 으스대듯 자랑하며 우아하게 사람들을 둘러보는 수컷을 볼 수도 있지만 그들은 무슨 일이 그리 바쁜지 좀체 모습을 보이지 않고 가끔 나타나더라도 항상 혼자다. 흰꼬리사슴 white tailed deer이라는 이름의 이 사슴은 짧은 꼬리의 안쪽 털이 새하얗다. 꼬리 바깥쪽은 여름엔 약간 붉은빛을 띠고 겨울엔 회색빛이 나는 갈색이라, 평소 꼬리를 세우고 걷거나 뛸 때면 살랑대는 흰색 꼬리가 유난히 두드러진다. 달아날 땐 꼬리를 바짝 세워 서로에게 신호를 보내는데 운전자에겐 하얀 꼬리가 정지신호처럼 보인다. 11월, 12월이 번식기이고 봄에 태어나는 새끼는 꽃사슴처럼 온몸에 하얀 반점이 있다.

캐나다 남부와 미국 전역에서 볼 수 있는 이 사슴은 이타카 사람들에겐 가까운 이웃이다. 사람들이 항상 똑같이 정해진 집으로만 드나드는 것처럼 사슴들도 잠을 자고 하루를 보내는 구역이 정해져 있다. 사람 눈에 보이지 않는 자신들만의 길이 있고, 그 구역 안에서 잠자리는 계속해서 바꾼다. 저녁엔 우리 집 뒷마당을 서성이다가 잠은 동네 집 마당을 돌아가며 자는 사슴 가족이 있다. 자주 만나다보니 이제는 이웃을 알아보듯 다른 무리와 구별할 수도 있게 되었다. 아무리 봐도 똑같을 것 같은 사슴들의 얼굴이 모두 다르다는 것을 신기하게도 알게 되었다.

처음 이사를 와서 낯선 이웃의 얼굴을 하나둘 알아보게 된 것처럼 차츰 우리 동네 사슴 가족의 모습을 익혀갔다. 태어난 지 한두 달밖에 안 되어 보이는 새끼가 포함된 그 가족은 네 마리다. 막내는 덩치가 작고 꽃사슴 무늬가 선명해서 다른 사슴들보다 쉽게 알아볼 수 있었다. 새끼는 빨리 자란다. 계절이 두 번 바뀌면 거의 어미만큼 자란다. 새끼가 자란 것을 보고는 옆집 아이를 오랜만에 만난 것처럼 "야…… 이 녀석 많이 컸네" 하고 놀라기도 한다. 사람이나 동물이나 새끼들은 가만히 있지를 못하고 쉼 없이 장난을 친다. 혼자서도 뭐가 즐거운지 앞뒤로 쏜살같이 달리다가 급회전을 하기도 하고 그러다 나뭇가지에 걸려 넘어지기도 한다. 얼굴 표정을 보지 않고도 환하게 웃는 녀석을 느낄 수 있다. 살집이 오르고 덩치가 커지면서 까불기만 하던 새끼의 모습은 점점 줄어든다. 주택가에서 얼마나 오랫동안 살았는지는 어미의 태도를 보면 금방 알 수 있다. '주민'이 된 어미는 항상 새끼들의 안전을 살피며 고개를 곧게 들고 주위를 살피지만 산이나 들에서 사는 사슴들과 달리 당황하거나 서두르지 않는다. 이제는 사람들의 습성을 익히고 사람들 속에서 안전하다는 것을 확신하는지 느긋하고 여유롭다. 길을 건널 때도 어미가 먼저 차도에 나서서 하얀 꼬리를 흔들며 새끼들이 뒤따라 건널 때까지 차를 지켜보기도 한다. 마치 안전 표지판을 들고 학교 앞 횡단보도를 지키는 부모 같다.

　한때는 사슴 수가 급격히 줄었던 적도 있었다. 사슴이 워낙 사람들 속에서 친근하게 지낸 때문인지 사람을 무서워하거나 피하지 않았고, 손에 올려놓은 사과를 먹을 때 만져볼 수도 있었다. 그런데 그러다 사슴벼룩이 사람에게 옮으면 심한 가려움증을 일으키고 심하면 죽는 경우도 생겼다. 몇 명의 사망 피해자가 생기자 쥐잡기 운동을 하듯 사슴을 없애자는 운동이 일어났다. 때마침 불붙은 사냥 붐을 타고 사슴 수는 급격히 줄어들어갔다. 사람들은 뭔가를 새로 만드는 것보다 없애는 것에 더 뛰어난 재능을 갖고 있었다. 그동안 함께 생활하던 사슴이 눈에 보이지 않게 된 것은 순식간이었다. 그러자 반대로 사슴을 살려야 한다는 목소리가 일어났다. 단순히 보기 좋아서가 아니라 사람과 함께 오래전부터 공존해오던 동물의 멸종은 사람에게도 재앙이라는 생각이 널리 퍼져나갔다. 환경과 자연에 관심이 많은 이타카 사람들은 행동도 빨랐고, 그 효과도 곧바로 나타났다. 사냥이 금지되고 수의사, 동물 전문가 들이 모여서 대책을 만들고 부지런히 움직였다. 이때 사용된 문구가 재미나다.

어느 날 그들이 사슴을 잡으러 왔을 때 나는 목소리를 높여 항의하지 않았다. 나는 사슴이 아니므로.

다음 날 그들이 토끼를 잡으러 왔을 때도 나는 조용히 있었다. 나는 토끼가 아니므로.

그다음 날 그들이 스컹크를 잡으러 왔을 때도, 너구리를 잡으러 왔을 때도 난 조용히 있었다. 나는 독한 냄새가 나거나 줄무늬가 있는 그들이 아니므로.

그러다 마침내 그들이 날 잡으러 왔을 때 날 위해 목소리를 높일 자들은 아무도 남아 있지 않았다.

나치에 의해 유대인, 노동조합원, 공산당원이 잡혀갈 때 가만히 있었던 독일인들과 달리 이타카 사람들은 사라져가는 사슴을 구하기 위해 기꺼이 팔을 걷어붙였고, 도시 전체가 캠페인에 나섰다. 그 결과 지금처럼 다시 사슴과 공존하는 도시가 만들어졌다. 사슴은 다시 주택가 앞마당에 배를 깔고 누울 수 있게 되었고 안전하게 새끼를 낳아 데리고 다닐 수 있게 되었다. 지금은 특정 시기에, 특정 구역에서만 사냥을 허용하고, 대학 등에서 사슴의 건강상태를 계속 점검하면서 보호해왔기에 그 수가 많이 늘어났다.

하지만 여전히 사슴에게 가장 큰 위험은 사람이다. 총에 맞을 위험은 사라졌지만 차에 들이받힐 위험은 상존한다. 이타카에선 상대적으로 적은 편이지만 도시를 조금만 벗어나면 찻길가에 쓰러져 있는 죽은 사슴을 항상 볼 수 있다. 대부분 밤길을 건너던 도중 헤드라이트 불빛 앞에 꼼짝 못하고 서 있다가 차와 충돌한 경우다. 이타카에 거주하는 사람이나 사슴은 서로에게 익숙해졌으므로 그나마 사고를 많이 피할 수 있다. 어미 사슴이 찻길에 보이면 이타카 사람들은 속도를 줄이거나 멈춰 서는데 그러면 어김없이 새끼가 수풀 속에서 뛰어나온다. 한 마리, 두 마리, 세 마리가 나오고 어미가 함께 움직이기 시작하면 그때서야 차를 출발시킨다.

사슴은 덩치가 커서 충돌하면 사람에게도 치명적일 정도로 위험하다. 사슴과 정면으로 충돌하면 폐차할 정도로 차가 부서지는 것은 물론 키가 큰 사슴이 앞 유리를 깨고 들어와 사람이 크게 다칠 수도 있다. 사슴 충돌 사고에 대비해서 이타카의 운전자들은 대부분 이를 위한 보험을 추가로 더 들어둔다. 뉴욕 주 법에 따라 사슴을 차로 들이받은 경우에는 경찰이나 동물 처리반에 연락해야 한다. 그래야 자동차 보험금을 지급받기도 편리하고 간단하다. 물론 사슴 사체를 치워 교통을 원활히 하기 위해서도 신고할 필요가 있다.

사슴이 아직 살아 있는 경우엔 치료를 하거나 총으로 목숨을 거두는데, 신고를 할 정도의 사고라면 이미 스스로 걷기 힘든 상태이므로 대부분 죽인다. 그들은 결국 저승사자인 셈이다. 총을 사용해야 하는 경우엔 총소리에 주민들이 놀라지 않도록 경찰이 인근 집집마다 돌아다니며 미리 사정을 알려준다. 하지만 신고하지 않고 그냥 길옆으로 치워놓아 야생동물들이 처리하게 하기도 한다. 보기 좋은 모양은 아니지만 자연스럽기는 하다.

그런 일이 있을 때, 우리 동네 사슴은 모두 무사한지 가슴을 졸이며 확인하게 된다. 동네를 돌아다니는 사슴 가족을 발견하면 모두 안전하게 있는지 수를 헤아리고, 없어진 놈이 없는지 살피게 된다. 그리고 모두 무사하다는 것을 확인하고 나면, 비로소 안도의 한숨을 내쉰다.

사슴은 부드러운 새싹이나 나뭇잎 같은 걸 좋아한다. 정원에 심어놓은 배추와 상추 같은 푸성귀는 2미터쯤은 넘도록 높이 울타리를 치지 않으면 모두 사슴들의 몫이 된다. 아침에 물을 주고 나갔다가 저녁에 들어오면 상추가 있던 자리엔 사슴 발자국밖에 남아 있지 않다. 그렇다고 높은 울타리를 집 앞 정원에 칠 수는 없는 노릇이라 다른 방법으로 이웃이 준 고추 씨앗을 심어보았다. 매운 고추를 한번 먹고 나면 다시는 정원에 발을 들여놓지 않으리라는 생각이었다. 하지만 고추가 없어지고 나서도 상추는 계속 없어졌다. 그러다 생각해 낸 방법이 깻잎을 함께 심는 것이었다. 특유의 강한 향을 싫어하는지 다른 채소는 다 먹어도 깻잎만은 건드리지 않는다는 소문을 들었기 때문이다. 깻잎을 채소밭 가장자리에 빙 둘러 심어보았다. 하지만 내 바람을 비웃기나 하듯, 경계라 생각하고 심어놓은 깻잎을 사뿐히 밟고 들어와 채소를 몽땅 먹어버렸다. 내가 바보인 줄 아느냐는 사슴의 조롱이 들리는 듯했다. 그렇게 매일 사슴과 함께 생활하다보니 사람이 만들어놓은 마당과 집 근처에 그들이 더부살이를 하는 건지, 그들이 오랫동안 살던 곳에 허락도 없이 사람들이 들이닥친 것인지 알 수가 없게 되었다. 예쁘지만 무표정한 그들의 얼굴로는 그 답을 찾을 수가 없다.

밥의 생태적 삶과
이타카 에코빌리지

밥Bob의 얼굴을 떠올리기만 해도 내 입가엔 은근한 미소가 떠오른다. 사랑스럽게도 그는 성마저 러브Love이다. 일흔이 넘었지만 자연과 사람을 향한 그의 사랑과 정열은 식을 줄을 모른다. 그에게는 마음속 모든 이야기를 털어놓게 하는 마법 같은 힘이 있다. 언제든 유머를 쏟아내고 어린애처럼 장난을 칠 준비가 되어 있다. 그를 좋아하지 않는 사람은 없다. 우리 아이들조차 그와 함께라면 어디든 따라나선다. 그는 어린아이부터 노인까지 모든 사람을 빨아들이는 신비한 매력을 갖고 있다. 진심으로 나의 노년이 그와 같았으면 좋겠다.

뭐 그렇다고 그가 완벽한 사람이란 뜻은 아니다. 우리 앞에서도 부인 샐리와 의견이 달라 언쟁을 벌이다가 혀를 내밀고 투덜대다 야단맞기도 하고, 인정 없는 사람에게 빈정대다 곤란을 겪기도 한다.

우리 집에서 이웃들과 함께한 저녁식사. 밥의 입은 잠시도 쉬지 않는다.

그는 지극히 평범한 사람이다.

하지만 밥이 지닌 자석처럼 강력한 공감능력은 정말 남다르다. 그의 폭넓은 공감능력이 어떻게 만들어졌는지 아는 것은 그를 닮고 싶은 내게 큰 숙제였다. 그는 분명 개인주의와 형식적 친절에 익숙한 여느 미국인과는 너무나 달랐다. 오랫동안 ESLEnglish as a Second Language 클래스에서 영어를 가르치는 동안 수많은 국가 출신의 다양한 인종의 사람들과 만나면서 훈련되었기 때문일까? 물론 그 경험이 많은 영향을 미쳤겠지만 모든 ESL 교사가 그와 같지는 않다. 그렇다면 밥이 동양문화에 친화적이기 때문에 그토록 공감능력이 뛰어난 걸까? "난 네가 태어나기 전부터 젓가락질을 시작한 사람이야"라고 말할 정도로 다른 문화에 개방적인 밥은 1960년대 초부터 오랫동안 필리핀에서 살았다. 하지만 동양인이라고 해서 공감능력이 특별히 좋은 것만도 아니고 동양에 밝은 서양인 중에도 이기적인 사람들은 많았다. 정말 궁금해서 밥에게 "당신의 매력적인 공감능력은 도대체 어디에서 나오는 거예요?" 하고 물어도 그는 "궁둥이에서 나온다, 왜"라며 농담으로 받아줄 뿐이다. 실험실의 개구리 해부하듯 그의 과거를 낱낱이 살펴봐도 그 경험들이 어떻게 현재의 밥을 만들어냈는지는 알 길이 없었다.

그러다 문득 내가 느끼는 그의 가장 매력적인 면이 무엇인지, 또 그 실체가 무엇인지를 알아내는 것이 바로 열쇠라는 걸 깨달았다. 내가 느끼는 밥의 매력과 다른 사람들이 느끼는 그것을 모으면 대강 결론이 나올 것 같았다. 언제나 해답은 질문 속에 들어 있었다. 나는 물론 그를 좋아하는 다른 사람들도 밥의 사랑하는 마음이 진심임을 알고 있다. 그는 온 마음으로 사람과 자연과 자신을 둘러싼 모든 것을 사랑한다. 자신의 손자뿐 아니라 이웃과 친구의 아기까지도 진심으로 사랑하며, 몇 년 전 이웃의 아들이 불의의 사고로 죽었을 때도 친부모만큼이나 많은 눈물을 흘렸던 사람이 바로 밥이었다. 그의 사랑은 생물학적 자녀에게만 머물지 않고 더 많은 자녀를 입양할 정도로

밥의 생태적 삶과 이타카 에코빌리지

폭넓다.

하지만 그의 매력을 더욱 빛나게 해주는 것은 그 사랑을 아무 거리낌 없이 자연스럽게 '실천'하는 모습이라고 나는 생각한다. 많은 사람들이 사랑을 배우지만 그 모든 사람들이 사랑을 실천하는 것은 아니다. 그는 버마 난민 출신 젊은이를 아들로 받아들이고 자기 집에서 결혼식을 치러주었다. 언제든 도움이 필요한 사람에게 자기 집을 열어주었다. 진흙밭이 된 마을 진입로를 손보는 마을 공동체의 공동작업을 위해 황금 같은 낮잠 시간을 기꺼이 포기하기도 했다. 재활용품 분리수거를 시 차원에서 시작하기 훨씬 전부터 실천했고, 음식물쓰레기는 정원과 텃밭의 거름으로 쓰기 위해 항상 따로 모아왔다. 밭을 일구고 야채를 키우더라도 땅을 파헤쳐 훼손하는 것을 최소화하고, 편리를 위해 환경을 고치는 것이 아니라 반대로 주위 환경에 자신을 맞추면서 살아왔다. 자식처럼 아끼는 정원의 꽃밭을 침범하는 잡초가 지겹다고 불평하면서도 절대 화학약품을 쓰지 않고 일일이 손으로 뽑는다.

자신을 환경에 맞추면 동물과도 친구가 될 수 있다고 그는 주장한다. 다운타운에서 2킬로미터 정도 떨어진 웨스트 힐에 자리 잡은 그의 집 주위에선 동물들을 다른 곳에서보다 훨씬 더 많이 볼 수 있다. 사슴, 너구리는 물론 딱따구리, 벌새 등 온갖 조류와 개구리, 두꺼비 등 양서류도 유난히 많다. 집 앞 정원에 자리 잡은 두꺼비와는 정말 친구가 되었는지 밥이 정원에 나와 앉아 있으면 그 두꺼비도 밖으로 나와 함께 시원한 바람을 즐긴다고 한다. 한번은 정원에 나왔다가 뱀의 입속에 자기 몸뚱이의 절반을 집어넣은 채 버둥거리고 있는 두꺼비를 발견하고는 엉겁결에 두꺼비 뒷다리를 잡고 뱀과 씨름을 한 적이 있다고 한다. 매일 보던 두꺼비라 뒷다리만 보고도 그 녀석임을 알아챈 밥은 그렇게 뱀과 한 시간이 넘도록 두꺼비 줄다리기를 했는데, 그때 모습이 삶과 자연에 대한 그의 태도를 잘 보여준다. 보통 사람 같으면 십중팔구 구경거리 났다고 뱀 입속으로 뒷다리가 몽땅 들어갈 때까지 지켜보거나 몽둥이로 뱀을 때려잡았겠지만, 그는 두꺼비 뒷다리를 잡고 뱀에게 욕만 해댔다. 뱀에게 "너를 처음 보지만 내 친구를 고문하는 걸로 봐서 너는 나쁜 놈이 틀림없다. 나는 200년 전 미국으로 도망쳐온 아일랜드인의 후손이다. 누구 고집이 더 센가 어디 보자"라고 계속해서 소리를 질렀더니 뱀이 슬그머니 두꺼비를 내놓았다고 한다. 그후로 두꺼비와 뱀은 같은 정원에서 가족처럼 잘 지내고 있다고 그는 주장한다. 아마도 밥이 나중에 두꺼비와 날씨 이야기를 나눴다고 해도 나는 그를 믿어줄 것 같다.

밥이 다른 사람과 관계를 맺는 방식도 마찬가지다. 그는 다른 사람들이 자신에게 맞추도록 설득하거나 강요하는 것이 아니라 자신을 다른 사람에게 맞춘다. 소심하고 섬세한 사람에겐 그 자신이 소녀처럼 조심스러워지고, 어린아이 앞에서는 함께 장난꾸러기가 된다. 만

나는 모든 사람 앞에서 자신의 모습을 상대방과 공감할 수 있도록 바꾸는 것이다. '생태적'이란 말은 그래서 내게 '공감하는 능력'과 같은 뜻이다. 그리고 밥은 '생태적 삶' 또는 '지속가능한 삶'이란 거창한 게 아니라 바로 이를 실천하는 일상 속에 있는 것임을 몸소 보여주었다. 공감이란 사람 사이에만 국한되는 것이 아니라 살아 있는 모든 것과 함께 호흡하는 능력이며, 자연과 공감할 수 있는 사람만이 인간관계에서도 폭넓은 공감을 불러일으킨다는 것을, 나는 그를 통해 확신하게 되었다.

건강하고 자연친화적인 삶은 자연스레 친구들을 모으기 마련인가 보다. 1970년대 초부터 지금의 위치에 자리 잡은 밥 부부의 집을 중심으로 한두 가족이 모여들더니 작은 커뮤니티가 형성되기 시작했다. 커뮤니티에 함께 살기 위해서는 서로 맞추어야 할 것도 많았고, 공동공간도 만들어야 했다. 여러 사람의 손을 합치니 공동텃밭과 창고 등 공동시설도 생기고 꽤 큰 연못도 만들어졌다. 밥네 연못은 일반 주택가의 '반자연적인' 수영장과는 차원이 전혀 다른 곳이다. 다른 이웃의 수영장엔 으레 '사람 말고는 출입 금지'라는 표식으로 높다란 울타리가 둘려 있고 작은 벌레까지도 찾아서 내쫓을 수 있도록 바닥을 파란색으로 칠해놓는다. 그걸로도 모자라 미생물이 일절 살 수 없도록 화학약품을 잔뜩 풀어놓곤 한다. 그런데 밥의 연못엔 왕방울만 한 올챙이와 작은 솥뚜껑만 한 개구리가 사람과 함께 헤엄치고, 연못

밥의 생태적 삶과 이타카 에코빌리지

가장자리와 물속까지 수풀이 무성하다. 이곳에선 온갖 곤충, 동물 들이 함께 살아가고 있다. 우리가 수영복으로 갈아입는 동안 밥이 먼저 홀렁 바지를 벗고 속옷 바람으로 연못에 뛰어들었다. 밭에서 일을 하다 더워지면 연못 속으로 뛰어들면 될 뿐 특별히 수영복이란 것이 필요하지 않았다. 우리가 입고 있던 수영복은 울타리 쳐진 파란색 바닥의 '사람 말고 출입 금지 수영장'에나 어울리는 것이었다. 커뮤니티가 만드는 시설이나 건물, 길과 연못, 아무것도 없는 공터 하나하나에도 나름의 철학이 있고, 자연과 함께하려는 의지가 스며 있었다.

전 세계에서 가장 성공한 생태마을로 알려진 이타카 에코빌리지는 밥의 커뮤니티가 생긴 지 20년 후, 밥네 집 근처에 만들어졌다. 에코빌리지는 내부 구성원들뿐만 아니라 코넬 대학교, 이타카 칼리지 등 외부로부터의 지원과 조언을 광범위하게 수용한 결과, 밥의 커뮤니티보다 훨씬 체계적이그 발전된 형태로 자리 잡았다. 하지만 추구하는 것은 같다. 사람, 자연, 살아 있는 모든 것과 함께 조화롭게 살아가는 커뮤니티를 만드는 것이다. 그들은 자연의 주인처럼 지배자로 군림하지 않는다. 개발밖에 모르는 도시인들은 바보라고 손가락질할지 모르지만 이들은 20만 평이 훨씬 넘는 넓은 대지를 숲이나 늪지, 초원의 잡초들이 뒤덮도록 놔둔다. 그들이 집이나 시설을 지어 사용하는 땅은 전체 대지의 10퍼센트를 넘기지 않는다. 드넓은 땅이지만 제한된 공간 안에서만 땅을 활용하면서 90퍼센트 이상의 땅을 자연 그대로 둔다. 집과 건물도 최대한 작고 조밀하게 짓고, 숲과 집 사이에도 작은 오솔길만을 내고 그 길로만 다니게 하여 생태발자국 ecological footprint 지수를 최소한으로 줄인다는 것이 대원칙이다. 커뮤니티 사람들이 지켜야 하는 구체적 규칙은 이 원칙을 지키기 위한 세부 항목에 불과하다.

작고 제한된 공간 안에서 삶의 질을 높이고, 서로 긴밀한 관계를 유지해야 하므로 가구별 개인공간을 줄이고 함께 사용하는 공간을 늘려야 한다. 큰 식당과 손님을 맞을 응접실, 손님방, 놀이공간, 세탁소 같은 것은 공용시설로 모아서 커먼 하우스common house로 만들었다. 그러니 개별 주택의 규모는 훨씬 줄이면서도 효율성을 높일 수 있다. 뿐만 아니라 이런 공용시설은 공동체 성원들의 관계를 보다 긴밀하게 엮어준다. 일주일에 두 시간에서 네 시간은 공동체를 위한 노동을 꼭 해야 하고, 정기적으로 커먼 하우스에 모여 함께 식사하고 수다를 떨면서 유대를 높인다. 음식물 쓰레기를 한데 모아 퇴비를 만드는 것은 물론 재활용품을 따로 모아 커뮤니티 차원에서 재활용하며, 작아서 못 입는 옷이나 신발 등 생활용품도 한곳에 모아 필요한 사람이 언제든지 가져갈 수 있게 한다.

이타카 에코빌리지의 공용시설인 커먼 하우스 응접실, 식당, 주방

에코 빌리지 개별 주택과 집 앞 텃밭, 그리고 마을 사람들이 수영을 즐기는 연못

생태적 삶이란 결국 자연을 정복하거나 지배하려 들지 않고, 자연 속에서 자연의 일부로 겸손하게 살아가는 것이다. 그러나 그렇게 살아가기란 말처럼 쉽고 간단하지 않다. 눈만 뜨면 신기술이 세상을 더욱 편리하게 만드는 21세기에 자발적으로 생활의 편리함을 포기하고 불편을 감수해야만 한다. 자동차를 이용하면 10분 안에 갈 거리를 돌고 돌아 한 시간 동안 걸어야 하고, 약품이나 기술을 이용하면 고생하지 않고 쉽게 해결할 일도 비지땀을 흘리며 일일이 손으로 처리해야 하니 여간 번거로운 것이 아니다. 주거공간을 먼지 하나 없이 깨끗하게 유지하는 것은 처음부터 포기해야 하고, 동물은 물론 해충이나 박테리아와도 함께 살 각오를 해야만 하는데, 이는 쾌적한 주거 환경을 지향하는 현대 도시인의 기준과는 애초부터 설명할 수 없을 만큼 거리가 먼 일이다. 생태적 삶과 도시의 편리한 삶은 서로 닿을 수 없는 극단에 서 있고, 그것은 양자택일의 문제인 것 같다.

앤티크
문화

처음엔 범퍼가 깨지고 옆구리가 찌그러진 차들이 너무 많아 사람들의 운전 습관이 거친 줄 알았다. 한 줄 긁힌 자국도 없이 깨끗하고 매끄럽게 왁스칠까지 해 방금 출고된 것처럼 말끔한 모습으로 돌아다니는 한국 차들과는 너무 달라 당황스러웠다. 세 대 중 하나는 어딘가에 문제가 있었다. 범퍼가 깨져서 청테이프로 붙인 차는 물론 아예 범퍼가 떨어져나가고 없는 차, 바퀴 옆 몸통 부분이 녹슬어 구멍이 뻥 뚫린 차들은 특히 많았다.

하지만 사람들은 지루해 졸릴 정도로 느리고 또 철저하게 교통신호를 지키는 운전 습관을 갖고 있었다. 차를 손상시키는 주된 원인은 사슴을 비롯한 야생동물과 겨울철에 사용하는 염화칼슘이었다. 특히 염화칼슘은 차체를 녹슬게 해 차를 누더기처럼 만든다. 그런데 나

의 관심을 끈 것은 차량 손상이 아니라 이곳 사람들이 그런 차를 처리하는 방식이었다. 접촉사고로 범퍼에 조그만 자국만 남아도 범퍼 자체를 바꿔버리는 한국과 달리 이곳 사람들은 깨진 곳에 테이프를 붙이거나 떨어져나가지 않도록 깨진 곳을 줄로 묶었다. 그러고 보니 오래된 차들이 많았다. 미국 차의 상징이라 할 긴 몸체를 가진 1970년대 캐딜락, 80년대 셰브롤레는 흔히 볼 수 있었고, 가끔 2, 30년대식 자전거 바큇살을 가진 차도 발견된다. 주변 사람들을 보더라도 10년은 기본이고 20년이고 40년 된 차라 하더라도 굴러가기만 하면 버리거나 바꾸지 않고 고치고 수리하면서 운행했다. 10년 만에 타던 차를 처분한 나는 명함도 꺼내지 못할 수준이었다.

이렇게 물건을 오래도톤 사용하는 습관은 차에만 적용되는 게 아니었다. 생활용품이나 집 같은 건물도 마찬가지였다. 식기나 가재도

구도 몇십 년을 사용하다 못해 대를 이어 할머니가 쓰던 것을 물려받아 쓰기도 한다. 오래된 것일수록 더욱 높은 가치를 부여하고 소중히 여긴다. 미국인의 집에 가면 가장 좋은 위치에 자리한 가구나 촛대, 스탠드는 대부분 앤티크다. 그 물건에 담긴 옛 사람들의 이야기를 전할 땐 아스라이 먼 추억에 잠기기도 한다. 수십 년 동안 코넬 대학교 교수로 있다가 고향 스페인으로 돌아가는 자유분방한 할머니는 집을 처분하기 위해 그동안 모아두었던 물건을 내놓는 데만 한 달이 걸렸다. 그 시간 동안 그녀는 작은 부엉이 모양 조각을 가리키며 20년 전 브라질의 한 친구가 방문 기념으로 선물했는데 그 친구는 지금 뭘 하고 있다는 식으로 물건 하나하나에 얽힌 이야기들을 풀어놓았다. 오래된 물건은 이 사람들이 지켜온 전통과 가치를 나타내주는 상징이자 그 자체로 살아 있는 역사다. 유럽에서부터 이어진 전통으로 보이는 이 습관은 사람들이 좋아하는 앤티크 상점에서도 확인된다. 가게뿐 아니라 개라지 세일garage sale을 하는 집들을 가보면 도저히 팔릴 것 같지 않은 오래된 개인 엽서, 수십 년은 되어 보이는 꾀죄죄한 아기 인형 같은 물건들이 가격표를 붙인 채 새 주인을 기다리고 있다. 사는 사람이 있으니 내놓는 것이고 내놓으면 반드시 팔린다.

건물 또한 도시의 역사, 고풍을 그대로 보여준다. 생긴 지 200년도 채 안 되는 도시지만 이타카에도 고풍스런 건물들이 많아 도시 전체의 분위기를 전통과 역사가 깃든 곳으로 만든다. 평범해 보이는 도서관이나 교회, 상가 같은 공공건물도 주춧돌의 설립 연도가 이미 100년을 넘긴 것이 많다. 일반 주택도 웬만하면 100년이 넘은 오래된 것들이고, 겉에서 보기에도 현대식 건축 공법이 아님을 금방 알 수 있다. 대부분 목조로 된 건물들이 그렇게 오랜 세월을 버틸 수 있다는 것이 신기하기만 하다. 낡고 썩어 무너진 판자는 새것으로 바꾸고, 틈이 벌어져 겨울에 찬 바람이 드는 창틀과 문짝 정도만 최신의 것으로 바꾸어 사용하고 있다. 애초에 모든 물건을 오랫동안 사용하도록 튼튼하게 만드는 것 같았다.

작은 가재도구부터 큰 건물까지 이렇게 오래 사용하는 습관은 과거와 현재가 이타카라는 하나의 공간에 공존할 수 있도록 만들었다. 어릴 때부터 어른들의 이런 습관을 보고 따라 하면서 자란 아이들에게는 특별한 교육이 필요 없다. 과거를 통해 현재를 배우고 이를 통해 미래를 계획하는 지혜는 이 도시에서 생활하는 가운데 자연스럽게 익힐 수 있는 소중한 자산이 된다.

확장 공사를 마친 코넬 대학교의 물리학과 건물.
새로 지은 유리 건물 뒤편으로 옛 건물의 외벽이 보인다.
과거와 현재의 공존을 여실히 보여준다.

앤티크 문화의 정점, 코넬 대학교

　미국에서 가장 아름다운 도시를 만드는 데 코넬 대학교의 역할은 절대적이다. 1800년대에 만들어진 주요 건물들은 지금도 코넬 대학교에서 가장 눈에 띄는 요지를 지키며 이타카의 동쪽 언덕에서 도시 전체를 내려다보고 있다. 건물 내부의 바닥과 천장, 계단은 대부분 나무로 되어 있고 외벽은 튼튼하고 큼직한 돌로 이뤄져 있다. 그 나무와 돌은 오랫동안 수많은 학생들의 손때가 묻어 반질반질 윤이 난다.

　매일 캠퍼스 투어를 오는 수많은 관광객들의 맨 앞에서 뒷걸음질 치며 학교에 대해 설명하는 가이드가 전하는 내용의 대부분은 건물에 얽힌 역사 이야기이다. 커버와 종이 색깔까지 누렇다 못해 시커멓게 변한 고서들이 가득한 도서관은 오랜 세월과 먼지가 쌓여 어둡게 변한 목제 책걸상, 삐걱대는 바닥과 계단이 자연스레 어울린다. 중세를 배경으로 하는 영화에서 자주 보던 높은 천장과 스테인드글라스, 온갖 무늬의 돋을새김과 성자상 조각들이 함께 어우러진 강당과 카페테리아에서의 식사는 커다란 만족감을 주기에 부족함이 없다.

　규모가 큰 대학 건물들조차 부분적으로 리모델링을 할 뿐 완전히 무너뜨리고

새로 짓는 모습은 좀체 보기 힘들다. 건물을 별로 높게 올리지도 않는다. 높은 건물은 주변과의 균형을 무너뜨리고 혼자 두드러져 조화를 해치기 때문이다. 개인 주택과 차량을 손질하고 땜질하듯이 대학 건물 역시 좁으면 옆에 건물을 이어 붙이는 방식으로 공간을 넓히며 보완한다.

내가 이타카에 왔을 때부터 리모델링 공사를 하고 있던 오래된 물리학과 건물은 1년이 훨씬 지난 후 완공되어 재미있는 모습을 드러냈다. 공간 확장을 위해 옆에 나란히 지은 새 건물은 전면이 유리로 되어 있어 밖에서도 건물 안을 훤히 들여다볼 수 있다. 때묻은 석조 건물과 유리벽으로 된 최신 건물이 잘 어울릴까 의아해했지만 완공 후 둘은 처음부터 함께 있었던 것처럼 전혀 다르면서도 조화를 이룬 모습이다.

버펄로 스트리트 서점 입구

버펄로 스트리트 서점의 기적

6월 어느 한가로운 휴일, 코넬의 중동음악 앙상블Cornell Middle Eastern Music Ensemble이 다운타운의 한 서점에서 의미 있는 공연을 했다. 일반 공연장이 아닌 곳에서 연주한다는 점이 특이했고 그래서 더 흥미를 끌었다. 사방을 둘러싼 책들은 소리를 적당히 빨아들이다가 내뱉기도 하고, 훌륭한 무대 장식이 되어주기도 했다. 새 책을 처음 펼칠 때 나는 기분 좋은 종이 냄새도 평범한 공연장과는 또 다른 맛을 내는 소품 중 하나다.

좁지만 책들과 조화가 잘 이뤄진 공간에서 10여 명의 연주자가 현악, 관악, 타악기로 아라비아풍의 음악을 연주했다. 이들은 아르메니아, 터키, 그리스, 불가리아, 레바논, 이집트 등 서아시아 음악을 소개하고 이타카 작가들과 함께 서아시아의 시도 낭송했다. 사람들은 활자로만 접하던 곳의 문학과 음악을 직접 눈과 귀로 경험하며 그들의 목소리를 타고 지구 반대편으로 여행하는 즐거움을 누렸다. 연일 뉴스로 듣는 자살폭탄 테러, 전쟁과 배고픔이 만연한 이라크나 아프가니스탄이 아니라 아름다운 자연과 문화를 지닌 평화로운 사람들을 보고 느낄 수 있었다. 공연은 중동의 불안한 정세와 석유, 테러 문제에만 쏠려 있던 사람들의 관심을 자연스럽게 그곳의 자연과 문화를 소개하는 책으로 모이게 했다. 소중한 친구를 새로 만난 듯 사람들은 앙상블 단원들에게 감사의 박수를 보냈다. 연주자들은 이타카에서 가장 오래된 독립서점에서 연주를 하게 되어 영광이며, 이타카 지역 문화 발전의 중심 역할을 하는 버펄로 서점의 발전을 위해 불러주면 언제든 다시 와서 공연을 하겠다고 했다. 꽤 유명한 앙상블이기에 그 인사가 오히려 의외였다. 하지만 이타카에서 이 서점의 역할과 의미를 알게 되고는 곧 고개를 주억이게 되었다.

1981년 대형서점의 지점이 아닌 소규모 독립서점으로 문을 연 버펄로 스트리트 서점Buffalo Street Books은 톰킨스 카운티에서 가장 오래된 서점으로, 이 지역의 교양과 정신문화를 상징한다고 할 수 있을 정도로 주민과 커뮤니티의 사랑을 받아온 곳이다. 서점은 지역사회를 향해, 그리고 지역 커뮤니티는 서점을 통해 서로의 문을 활짝 열고 긴밀하게 소통하고 있다. 서점은 단순히 책 파는 곳의 의미를 뛰어넘은 지 오래되었다. 서점은 수익 창출보다 지역 주민들의 지적 놀이터 역할에 더욱 열심이다.

어린아이들은 동화 구연을 듣기 위해 서점을 놀이터처럼 찾는다. 작은 악기를 갖춘 거리의 악사들에게 서점은 훌륭한 무대가 되기도 하고, 그림과 조각을 전시하는 지역 예술가들에게는 갤러리가 된다. 텔레비전이나 신문에서 보던 유명 작가들을 동네 서점에서 친근하게 만나고 이야기를 나눌 수 있다는 것은 주민들에게 큰 축복이다. 서점은 수익금의 일부를 학교 도서관을 지원하는 데 쓰고 또 정기적으로 도서관에 책을 보내는 등 수익을 지역사회에 환원하는 모범을 보이기도 한다. 서점이 하는 수많은 역할은 언뜻 보기만 해도 웬만한 지역 문화센터의 몫 이상이었다.

그에 맞게 지역사회도 서점에 보답하고 있다. 교수, 작가, 예술가 등 지식인들은 뉴욕으로 진출해 전국적, 세계적인 명성을 얻게 되더라도 이타카 사람들에게 자신의 지적 성과를 소개하고 이들과 교류하는 역할을 소홀히 하지 않는다. 처음에 이 서점에서 자신의 책을 소개하고 독자와의 만남을 시작했던 저자가 입소문을 타고 언론을 통해 전국적으로 유명세를 얻게 되는 경우도 적지 않다. 이 서점에서는 코넬과 이타카 칼리지의 여러 공연 티켓도 판매하여 서점의 이용도를 높이고 있다.

코넬 대학교의 한 영문학과 교수는 전공서적 목록을 버펄로 서점

에 보내서 학생들이 이 서적을 이용하게끔 권장하고, 목록을 받은 서점은 목록에 없는 관련 서적들까지 준비해 학생들에게 제공하면서 서로를 돕고 있다. 이 교수는 "버펄로 서점은 이타카 대중의 교육 수준은 물론이고 지식인들의 지적 성취도까지 높여주는 창구다. 서점은 지식인이 대중과 지속적, 직접적으로 교류할 수 있는 공간이자 놀이터 역할을 한다"며 그 의의를 높이 평가했다.

그런 버펄로 서점에 곤란이 찾아왔다. 온라인 서점의 등장 등 경영

커피를 마시며 독서토론회, 공연 등을 할 수 있는 공간(왼쪽)
지역 작가들의 책을 파는 코너(가운데)
아이들의 눈높이에 맞춰 꾸민 어린이책 코너(오른쪽)

환경 변화와 경제 사정 악화로 위기가 닥친 것이다. 영하 20도의 추
위가 며칠 동안 계속되던 어느 겨울, 서점 주인은 경영난으로 더이상
서점을 운영하기 어려워 폐업한다는 소식을 서점 웹사이트에 올렸
다. 버펄로 서점의 폐업 선언에는 지난 30년의 시간에 대한 아쉬움이
가득했다. 같은 시기에 전국 규모의 대형서점인 보더스Borders도 파산
하여 이타카 지점의 문을 닫을 정도로 사정이 어려웠다.

그러나 재정 곤란으로 문을 닫게 된 두 서점에 대한 지역의 반응
은 정반대였다. 사람들은 보더스로 가서는 폐업 할인하는 싼 책을

살 뿐이었지만 버펄로 서점에 대해서는 구호책을 찾기 위해 모여들었다. 머리를 맞대고 독립서점을 살리는 방안을 모색했다. 그런 가운데 서점 직원 중 한 사람이 아이디어를 내놓았다. 한 사람의 오너가 모든 재정적 어려움을 견디기는 어려우니 여러 사람이 부담과 이익을 나눌 수 있도록 협동조합 형식으로 지역 공동체가 서점을 인수하자는 것이었다. 서점의 잠정 가치는 20만 달러로 평가되었고, 250달러짜리 주식을 분할해 판매하기로 했다. 그 아이디어에 지역 공동체가 화답했다. 불과 며칠 만에 10만 달러 이상의 주식 인수자가 모이더니, 3주가 지나자 그 수는 1천 명으로 늘고 금액은 목표치를 넘어 25만 달러에 이르렀다. 지역 주민과 아이 들은 쿠키를 팔아 수익금을 모았고, 책을 구입하는 행렬이 줄지었다. 지역 작가와 화가, 음악가 들의 자선공연이 뒤를 이었고, 지역 언론과 대학이 힘을 합했다. 서점 주인은 폐업 결심을 바꿀 수밖에 없었다. 서점은 500명의 주주로 운영되는 협동조합으로 변신해 새롭게 단장한 모습으로 지역 주민들을 맞게 되었다.

경제 사정 악화로 문을 닫는 곳은 부지기수다. 하지만 주인이나 주주가 아닌 동료와 주민 들이 나서서 자발적으로 구호 노력을 하는 것은 그리 흔한 일이 아니다. 더군다나 그런 노력이 성공을 거두기는 정말 어렵다. 많은 사람들의 기대와 노력에도 불구하고 그런 수고가 안

타깝게 실패하는 경우를 많이 봐온 터라 버펄로 서점의 구호 운동도 처음에는 기대 반 의문 반의 시선으로 지켜봤다. 하지만 이런 시도가 처음이 아니고 또 기대 이상으로 성공적이었다는 것을 알고서 다시 이타카 사람들의 힘을 느끼게 되었다.

지역 소비자와 생산자 공동의 협동조합인 그린스타GreenStar는 이미 1970년대부터 성공적으로 기반을 다진 곳이다. 도시 주민들은 조합을 결성해 이타카 주변 지역의 농장에서 나오는 안전한 곡물과 육류 등을 지속적으로 공급받고 있다. 이곳은 설립 초반부터 다수의 사람들이 협동조합으로 운영하면서 안정적인 성공을 거두었다. 이타카 지역의 음악인, 연극인 등을 위한 키친 시어터Kitchen Theater와 시네마폴리스Cinemapolis 극장도 지역 주민들의 노력으로 위기를 모면하고 협동조합 형태로 운영되는 곳이다. 자체 운영 수입만으로 부족하면 언제든 음악회를 열고 쿠키를 팔면서 정기적인 모금 운동을 벌인다. 이런 수고가 많아질수록 사람들은 피로를 빨리 느끼고 어느 정도 시간이 지나면 풀이 꺾여 힘이 약해지는 것이 보통이지만 특이하게도 이타카에선 그런 노력이 일상적으로 이루어지고 있었다. 한 푼씩 모아 서로 돕는 것은 당연한 일이라는 생각과 그 생각을 실천에 옮기는 사람들의 힘으로 협동조합은 성공을 거두고 있었다.

그 힘은 어디에서 나오는 것일까. 버펄로 서점이 힘써온 주민 교양, 문화 활동의 성과일 수도 있을 테고 코넬 대학교의 진보적인 학문

지역 농장에서 생산한 유기농 식품을 시민들에게 저렴하게 제공하는 협동조합 그린스타(위)
이타카 페스티벌에 참가한 그린스타 팀(아래)

전통이 면면히 내려온 것일 수도 있다. 분명한 것은 사람들이 이타카를 오랫동안 서로 도우면서 공존할 수 있는 소박한 도시로 만들고자 꾸준히 노력하고 있으며 그것이 다른 곳에선 실패하는 많은 일을 성공으로 이끄는 중요한 요인이 되고 있다는 점이다.

블랙 프라이데이 세일 '폭탄'에서
지역 경제를 구하라

　지역 경제를 좌우하는 소상인들의 연합체인 다운타운 이타카 연합Downtown Ithaca Alliance은 소규모 상가를 살리기 위한 네트워크를 안정적으로 운영하고 있다. 이들의 활동을 미국 최대 쇼핑 날인 블랙 프라이데이Black Friday에서 엿볼 수 있다.

　미국에선 추수감사절 다음 날을 블랙 프라이데이라 하여 이날 모든 상가가 초대형 할인 판매를 한다. 이타카에서 세 시간 거리의 우드버리Woodbury 같은 대형 쇼핑몰에는 먼저 물건을 사기 위해 새벽부터 셔터 앞에 길게 줄을 서는 진풍경이 벌어진다. 의류, 화장품, 가방 등을 사기 위해 눈물겨운 쇼핑 전쟁을 치른다. 어떤 곳은 밤 열두 시부터, 어떤 곳은 새벽 네시부터 문을 여는 등 오픈하는 시각도 매장마다 다르다. 미국인들은 1년에 한 번 빅세일 기간에 필요한 물품

블랙 프라이데이 할인 기간 동안 대형 쇼핑몰 매장 앞에 줄을 선 쇼핑객들

을 왕창 사는 것에 익숙하다. 그렇기 때문에 이 기간의 소비는 1년 중 가장 높은 곡선을 그리고, 기업들에도 빅세일 기간의 매출을 높이는 것이 생존을 위한 중요한 방법이 된다. 소비자 입장에선 1년 내내 사야 할 주요 의류나 가구, 전자제품 등의 목록을 준비해두었다가 이 날 한꺼번에 싸게 살 수 있으니 좋은 기회이겠지만 소상가 입장에서 블랙 프라이데이 세일은 엄청난 재정적 타격일 수밖에 없다. 그래서 대형매장의 할인 판매는 소상가에겐 그야말로 '폭탄 세일'이 되는 것이다.

이런 소비 패턴은 지역 경제에도 중요한 영향을 미친다. 빅세일 기간에 지역 주민들이 다른 지역의 대형 쇼핑몰에 가서 1년 중 가장 많은 소비를 하게 되면 그 지역의 상권은 죽거나 최소한 치명적인 타격을 받게 된다. 이를 막기 위해 일어난 것이 바로 블랙 프라이데이 쇼핑을 지역 소상가에서 하자는 운동이다. 이 운동의 성패는 주민들이 자기가 거주하는 도시에 얼마나 깊은 애정을 갖고 있는지에 달려 있다. 이타카는 이런 점에서 아주 성공적인 사례이다.

지역에서 쇼핑해야 하는 이유를 다운타운 이타카 연합은 다섯 가지로 설명한다. 첫째, 지역에 일자리를 창출하기 위해서다. 미국 노동자의 50퍼센트는 소상가에서 일하고 새 일자리의 60퍼센트도 소상가에서 발생하기 때문이다. 둘째, 소상가는 강한 커뮤니티를 만든다. 소상가의 주인들은 자신의 모든 삶을 지역 주민들과 공유하고 있다. 그들은 같은 교회, 같은 클럽에 다니고, 그들의 아이들은 지역 주민과 같은 학교를 다니면서 같은 커뮤니티 안에서 생활하기 때문이다. 셋째, 소상가는 미국 경제의 근간을 이루고 있다. 기업화, 대규모화는 경기 침체기에 위험을 더욱 높일 수밖에 없으므로 침체된 경제를 살리는 길은 소상업을 활성화하는 것이다. 넷째, 소상가는 지역 경제 활성화의 핵심 역할을 한다. 소상업의 수입이 늘어날수록 지역 개발, 주민 지원 등을 위한 비용도 함께 축적된다. 다섯째, 지역 내에서 돈이 더 많이 축적되고 유통되면서 지역 전체가 풍요로워진다.

소상가 연합체가 만든 논리이므로 얼마나 객관적인 타당성을 갖고 있을지는 알 수 없다. 하지만 오바마 대통령이 미국 경제의 부흥을 위해 소규모 상가를 키워야 한다고 역설한 것과 같은 맥락이고, 주위의 직간접적 경쟁자를 삼키고 몰락시킴으로써 생존하는 대규모 기업의 방식이 경제 전체를 나락으로 몰아넣는 과정을 보면, 소상가 연합체의 논리가 대기업의 논리보다는 훨씬 설득력과 과학적 근거를 갖춘 듯하다. 어쨌든 이러한 소상가의 노력이 이타카에서 성공을 거두고 있다는 것은 주목받을 일이다.

블랙 프라이데이 세일 '폭탄'에서 지역 경제를 구하라

THIS RIDE
TAKES
3
TICKETS
NO CASH ACCEPTED

 ## 가장 한적한 월마트

무엇이든 크고 강력한 것만을 추구하는 전형적인 미국인들과 달리 이타카 사람들은 생활철학도 소박하기만 하다. 다운타운에서도 5층 이상의 고층 건물은 찾아보기 쉽지 않다. 오죽하면 관광객들이 다운타운 한가운데 서서 다운타운이 어디냐고 물을 정도이다. 큰돈을 벌거나 출세욕이 강한 젊은이들이 대도시로 나간 때문인지 사람들은 욕심이 없고, 삶의 규모도 작기만 하다. 집을 넓히고 땅을 사들이기보다는 지금의 평온함을 더 즐기고자 한다.

하지만 평화나 환경을 위협하는 요소에 대해서는 단호하다. 미국 동부 지역을 종단하는 81번 고속도로가 이타카 옆으로 지나가도록 설계된 연방정부의 초기 계획은 이타카 주민들의 거센 반대로 좌절됐다. 고속도로는 조용한 시골을 거대도시로 만들 것이라는 우려 때문이었다. 어디를 가나 길은 물질적 풍요와 편리를 주는 대신 조용한 보금자리의 가치를 빼앗어가기 마련이다. 결국 이타카 사람들은 81번 도로까지 나가는 데만도 40분 이상 차를 타야 하는 불편을 택한 것이다. 자동차의 원활한 소통을 위해 카유가 호수를 가로지르는 큰 다리를 만들려던 뉴욕 주의 시도를

월마트 상품 불매 운동을 벌이는
지역 활동가

일찌감치 잠재운 것도 이타카 주민들이었다. 그들은 도로를 넓히고, 다리를 놓으면 도시의 규모가 커지고, 작고 소박한 것들이 사라진다고 믿었다.

이타카 북쪽 지역에 큰 쇼핑몰을 새로 만드는 것도 그래서 반대했다. 대형 쇼핑 몰은 지역 소상인과 농장의 몫을 빼앗을 것이고, 판매 수입은 지역으로 환원되는 것이 아니라 대형 쇼핑몰의 주인이 사는 맨해튼의 부호와 대기업의 주머니로 들어 가 이타카로 돌아오지 않을 것이라는 문제의식 때문이었다. 이타카 시장이 제일 먼 저 쇼핑몰 터 앞마당에 가서 드러누웠고, 뒤를 이어 수백, 수천 명의 주민들이 팔 을 걸고 불도저 앞에 누워버렸다. 그런 주민들의 반대 때문에 5년 전까지만 해도 이타카에는 굴지의 월마트와 스타벅스가 들어오지 못했다.

하지만 자본의 힘은 막강했다. 주민들의 오랜 반대에도 불구하고 대형 쇼핑몰은 하나둘 늘어나 월마트는 남쪽 지역에 어마어마한 규모를 자랑하며 들어섰고, 스타 벅스는 다운타운에서 젊은이들의 만남의 장소로 자리 잡았다. 그렇지만 이타카 주 민들은 포기하지 않는다. 월마트의 값싼 물건은 최저 임금에도 못 미치는 급여를 받는 노동자들의 피에서 나온 것이고, 그 노동자들은 우리 이웃이고 가족이라고 적극 홍보했다. 아마 전 세계 월마트 매장 중에 가장 한산한 곳이 이타카 매장일 것이다.

자동차 타이어를 판매하는 쇼핑몰을 찾다가 어쩔 수 없이 월마트를 가본 적이 있다. 하얀 바탕에 파란색으로 도안된 월마트 심벌과 매장 색깔이 그렇게 황량해 보일 수가 없었다. 사람들은 조금 더 비싸더라도 지역 농장의 식료품을 주로 판매하고 커뮤니티의 활동에 적극적으로 관여하는 웨그먼스Wegmans로 몰려간다. 월마트는 주차장부터 파리가 날리고 있다. 이 정도면 매일 생기는 손실 규모가 엄청날 테지만 월마트와 같은 거대 자본은 그 손실을 풍부한 자금으로 감당하면서 고객을 늘리는 방법을 탐색하고 있을 것이다. 그렇게 이타카 바깥에서 들어온 거대 자본과 이타카 주민들은 팽팽한 긴장 속에서 스스로의 영역을 지키며 살고 있다.

문 잠그는 걸 깜빡해도
걱정하지 않는 이유

큰아이는 눈을 좋아한다. 눈밭에서라면 언제까지고 지루해하지
않는다. 자신이 겨울에 태어난 것을 커다란 축복으로 생각한다. 한
국의 친구들과 헤어지지 않겠다던 굳은 마음을 흔든 것도 이타카의
아름다운 여름 풍경이 아니라 이타카에서는 1년 중 4, 5개월 동안
지겹도록 눈을 볼 수 있다는 이야기였다. 1월부터 매주 금요일 학교
에서 친구들과 함께 버스를 타고 스키장에 가는 프로그램도 녀석이
먼저 나서서 신청했다. 큰아이가 스키를 너무 좋아하니 작은아이도
덩달아서 따라나서고 아내도 배워보겠다고 팔을 걷어붙였다. 아내
에게 스키를 가르치면서 동시에 아이들을 돌보는 것은 보통 일이 아
니었다. 큰아이는 어느 정도 자신감이 생겼는지 슬로프에서 스피드
를 즐기거나 숲 속으로 들어가 나무 사이를 헤치며 내려왔다. 미끄러

져 내려오다 만화에 나오는 것처럼 양팔과 다리를 대자로 벌린 채 정면으로 나무에 부딪혀도 제 모습이 우스운지 까르르 웃기만 한다.

넓은 스키장에 사람이 그리 많지 않으니 리프트에서 줄을 길게 서는 일도 별로 없다. 한 시간이면 여유 있게 스키를 몇 번씩 탈 수도 있다. 우리가 스키장에 도착해서 제일 먼저 하는 일은 짐을 휴게실에 풀어놓고 야외 테라스에 쌓인 눈 속에 맥주와 음료수를 꽂아두는 것이다. 두 시간 정도 스키를 타고 나서 눈 속에 넣어둔 차가운 맥주를 숨도 쉬지 않고 들이켤 때의 그 짜릿함을 즐기기 위해서다. 한번은 스키를 다 타고 집에 돌아와서야 눈 속에 둔 맥주를 잊고 가져오지 않은 것을 알았다. 다음 주말에 다시 같은 장소에 새로 사온 맥주를 꽂아두러 갔더니 우리가 두고 간 맥주가 그대로 있었다. 헤어진 가족을 다시 만난 듯 반가웠고 우리를 위해 맥주를 그대로 놔둔 사람들의 배려가 고마웠다. 어디선가 잃어버렸던 시즌패스도 분실물 센터에서 다시 찾을 수 있었다.

처음엔 휴게실에 길게 늘어선 탁자와 의자 들 위에 주인 없이 남겨진 가방, 옷, 음식물 등을 보고 의아해했다. 보관함도 넉넉히 설치돼 있고 도난을 막기 위해 개인 용품은 보관함에 보관하라는 안내문도 붙어 있지만 대부분의 사람들은 그냥 테이블에 물건을 내려놓고 지키는 사람 없이 모두 스키를 타러 나간다. 스키를 타고 나서도 스키와 폴을 거치대에 걸쳐놓고 자물쇠를 채우지 않은 채 건물 안으로

문 잠그는 걸 깜빡해도 걱정하지 않는 이유

들어간다. 누군가 화장실에 흘리고 간 고글 밑에는 "우리 주인을 찾으면 내가 여기 있다고 좀 전해주세요"라는 위트 넘치는 메모가 적혀 있었다. 바닥에 떨어진 10달러는 오후 늦게 집에 돌아갈 때까지 그 자리에 있었다.

이곳 사람들의 도덕관념은 칼처럼 철저하다. 사람들의 이런 태도는 스키장에서만이 아니라 생활 전반에서 확인할 수 있었다. 학교에서든 YMCA에서든 옷가지, 가방 등 뭐 하나씩은 흘리고 다니는 아들 덕분에 어디를 가든 분실물 보관함이 있다는 걸 알게 되었고, 잃어버린 물건은 항상 그곳에서 우리를 기다리고 있었다. 깜빡 잊고 문을 잠그지 않고 집을 나왔거나 차 문을 열어둔 채 길가에 세워두어도 별로 걱정하지 않아도 된다. 그렇게 이타카식 생활에 익숙해지다보니 가끔씩 맨해튼 같은 대도시에 가서도 안일하게 차 문을 잠그지 않고 볼일을 보고 왔다가 차 속에 둔 물건을 모두 털리는 경험을 하기도 했다. 무장 강도를 만나 목숨을 보전하기 위해 항상 주머니에 적당히 돈을 갖고 다니라거나 저녁에는 어두운 골목길을 다니지 말라는 등 미국을 여행할 때 자주 듣는 주의 사항이 이타카에선 필요가 없다. 물론 범죄가 전혀 없는 것은 아니지만 다른 지역과는 비교가 안 될 만큼 드물고, 사람들은 도시생활을 안전하게 느낀다.

도시의 안전은 사회 구성원들이 스스로 높은 도덕관념을 갖고 생활하고 법을 존중할 뿐 아니라 다른 사람들도 도덕적, 법적으로 적절하게 행동할 것이라는 믿음을 가질 때 만들어진다. 하지만 일상생활에서 도덕을 지키기란 말처럼 쉽지 않다. 바닥에 떨어진 돈을 발견하고도 그냥 두거나 아무도 없는 어두운 밤거리의 빨간 신호 앞에 멈춰 파란불이 들어올 때까지 기다리는 것이 간단한 일은 아니다. 간혹 외지에서 온 몇몇 사람들은 융통성이라는 말로 자신의 행동을 합리화하면서 빨간 신호를 무시하고, 스키장 시즌패스에 찍힌 얼굴 사진을 알아보기 어렵다는 점을 이용해 친구들의 시즌패스를 빌려와서 스키장을 이용하기도 한다. 다른 사람의 시즌패스를 이용하면 들킬 염려도 거의 없고 1인당 몇십 달러씩 절약할 수 있으니 누구나 쉽게 유혹에 빠질 수 있다. 하지만 이타카 사람들은 작고 사소한 것을 지키는 데에서부터 도덕을 배우고, 어릴 적부터 부모의 행동을 보고 자연스럽게 안전한 도시를 만드는 방법을 배워온 듯하다.

도시의 안전은 다른 사람에 대한 배려와 봉사를 이끌어내고 삶을 여유롭게 만드는 일의 전제 조건이기도 하다. 우리 가족 또한 그런 친절의 혜택을 받기도 했다. 작은아이의 아이스하키 원정 경기 때문에 눈 내리는 새벽에 집을 나선 적이 있다. 어슴푸레 아침이 밝아오는 시간에 온 세상은 눈으로 하얗게 뒤덮였다. 차창으로 달려드는 눈 때문에 길과 나무, 산이 구별되지 않을 정도였다. 길을 알아볼 수 없는 '하얀 어둠' 속에서 우리 차는 갑자기 미끄러졌고 가드레일을 들이받고 눈밭에 박혀버렸다. 집도 가게도 찾을 수 없는 시골길에서 차를 움직일 수 없으니 난감하게 되었다. 하지만 곧이어 지나가는 차가 멈춰 섰고 사람들이 앞뒤로 밀고 당기면서 우리를 도와주었다. 사고를 모른 체하고 가는 차는 한 대도 없었다. 모두가 멈춰 서서 최소한 안전을 확인하고 위로의 말이라도 해주었다. 사람들은 보험회사에 연락하여 사고 상황을 대신 알려주었고, 견인차도 불러주었다. 같은 하키 팀 부모 편에 작은아이를 먼저 경기장으로 보낼 수도 있었다. 한 시간 만에 우리의 곤란은 모두 해결되었다.

미국인들은 공공에 대한 의무Public Duty를 중요시하며 학교에서 어릴 적부터 철저하게 이를 교육받는다. 도서관이나 레스토랑 같은 공공시설을 나설 때 항상 뒤따라오는 사람을 위해 문이나 엘리베이터를 잡아주는 사소한 일에서부터 다른 사람을 배려하는 기본적인 에티켓은 그 가운데에서 만들어진 듯하다. 주택가 마당에서 친구들과 장난치던 아이가 갑자기 차도로 뛰어들어 사고가 났을 때 양쪽 차선의 모든 차들이 멈춰서 앰뷸런스를 부르고 다친 아이와 운전자를 돌보는 등 수많은 사람들이 뛰어나와 도움을 주는 모습은 이곳 사람들이 이타카를 자랑스러워하는 이유이자 결과이다.

눈으로 이글루에서 빠져나오는 애벌레를 만들었더니
지역 신문에도 실렸다.

3부

배움의
도시

이타카에서는 온 가족 독서 캠페인이 일상적으로 진행된다.

미국 세번째 규모의
북 세일 행사

이타카는 미국에서 '가장 살기 좋은 도시' * '가장 계몽된 도시' **
로 수차례 선정됐다. 이타카는 뉴욕의 교육 중심 도시로 가장 성공한
사례라는 찬사가 이어진다. 이타카는 교육도시를 만들고자 하는 이
들이 비춰보고 모방하려는 거울이다.

보통 '살기 좋은 도시'는 인구 비율과 공공시설, 자연환경 등 쾌적
한 생활 조건을 판단할 수 있는 기준이 쉽게 연상되지만, '계몽된 도
시'는 어떤 기준으로 정하는 것인지, 이타카는 어떤 이유로 계몽된
도시로 인정받았는지가 궁금했다.

그러던 차에 그 해답을 얻을 기회가 생겼다. 이타카에 정착한 지

* Cities Ranked and Rated 2004, VegNews Magazine 2006.
** The Utne Reader 1997.

얼마 되지 않아 '북 세일book sale' 이야기를 여러 번 들었는데 그 행사를 가보고, 또 그에 대해 알게 되면서 계몽의 실체를 알게 된 것이다. 이 행사는 계몽된 도시의 명성에 딱 어울리는 것이었다.

북 세일 행사는 매년 5월과 10월 두 차례 큰 장터처럼 진행되는데, 그 규모가 미국에서 세번째로 크다고 한다. 행사 때마다 25만 권이 넘는 중고 서적이 큰 창고 건물 하나를 가득 채우고 새 주인을 기다린다. 북 세일의 규모뿐만 아니라 그 많은 책이 1년에 두 번씩 거의 다 팔리고 또 6개월도 안 되어 그만큼 다시 기증받을 수 있다는 사실은 놀라울 따름이었다.

2011년 봄 행사 때는 175명의 자원봉사자가 참여했고, 23만 권이 넘는 책이 팔렸으며, 2만여 명이 다녀갔다. 방문객 1인당 20권 이상의 책을 사갔고, 이들이 6개월 동안 자녀와 함께 읽은 책이 최소한 20권이 넘는다는 이야기이다. 일반 서점에서 새 책을 사서 읽은 것까지 합하면 1년에 최소한 50권은 소화한다고 볼 수 있다. 이 정도의 독서량이라면 의식 수준이 높아지지 않을 수가 없고, 미국에서 가장 계몽된 사람들을 만들기에 충분하다. 도시 인구의 대부분이 자발적으로 1년에 50권의 책을 읽는다면 그 도시에서는 특별히 시민의 교양을 높이기 위한 노력이 필요 없을지도 모른다.

하지만 그런 곳일수록 시민 교양 프로그램은 더욱 발달해 있다. 대학도서관, 공공도서관과 지역의 서점에는 온갖 종류의 독서클럽이 만들어져 있고, 많은 사람이 여기에 꾸준히 참여한다. 이 독서클럽들은 이타카 페스티벌 퍼레이드에서도 가장 많은 사람들이 참여할 정도로 규모도 크고 활동도 활발하다. 사람들은 꾸준히 읽고 토론하면서 개인과 공동체를 살찌우고 있다. 북 세일 행사는 이렇게 책과 함께 살아가는 사람들을 만드는 원동력인 동시에 일상적인 독서 습관이 낳은 자연스런 결과다. 사람들은 북 세일에서 구한 책으로 교양을 높이고, 그런 사람들이 또 책을 기증하고 자원봉사를 하면서 행사를 더욱 성공적으로 만든다.

북 세일은 이타카 사람들의 높은 의식 수준을 뒷받침하는 중요한 버팀목 역할을 하는 데 손색이 없다. 이 행사는 이타카의 톰킨스 공공도서관이 주관하고 지역의 대학, 교사 등이 여러 지역 커뮤니티의 지원을 받아 1년 동안 준비하는데 판매와 안내 등 행사 운영은 모두 자원봉사자들에 의해 진행된다. 여기에 지역 농산물을 판매하고 미국에서 가장 친노동자적인 정책을 펴는 것으로 유명한 웨그먼스가 쇼핑백을 제공하는 등 지역 커뮤니티가 다양한 방법으로 지원하고 있어서 북 세일은 가장 성공적인 지역행사로 자리 잡았다.

이 행사는 독특한 정책을 갖고 있다. 보통 바자회나 중고 책 판매 행사는 불우이웃을 돕는다든가 하는 별도의 목적을 두고 열리기 마련인데, 이 행사는 책을 판매하고 책에 대해 이야기하는 것 자체가 목적이다. 행사 수입이 지역의 홈 스쿨*이나 비영리 재단, 공공도서관에 돌아가긴 하지만 책을 판매하는 주 목적은 이윤을 남기기 위한 것이 아니라 지역 주민들의 교양 수준을 골고루 높여주는 데 있다. 1인당 50권 이상의 책을 살 수 없도록 하고, 한꺼번에 일정 인원 이상이 매장 안으로 들어오지 못하도록 막는 것은 그런 본래의 취지를 살리기 위함이다. 아무리 책이 싸고 돈이 많아도 한 사람이 너무 많은 책을 독점할 수 없다. 중고 서적 딜러의 개입을 막는 것에도 그런 고려가 들어 있다.

개장일에는 원하는 책을 구하려는 사람들로 이른 새벽부터 긴 줄이 만들어진다. 판매되는 책의 가격도 파격적이다. 아무리 두꺼운 하드커버라도 4달러를 넘지 않는다. 게다가 가격은 날마다 내려가는데 첫날 1달러에서 4달러 정도이던 중고 책과 음악 CD, DVD, 장난감 등이 마지막 날에는 10센트까지 내려간다. 각 코너마다 일흔 명이 넘는 자원봉사자들이 친절하게 책을 찾아줄 뿐 아니라 책의 내용을 일러주기도 하고, 적당한 책을 추천해주기도 한다. 아이들 손을 잡고 찾아가면 아이에게 어떤 책을 좋아하는지 물어보고 그에 맞는 책을 보여주기도 한다. 책을 판다기보다 교양을 나누는 곳이라고 해야 할 것이다.

• home school. 일반 학교의 획일적인 교육에 반대하여 부모들이 집에서 아이의 적성과 특성에 맞게 교육하는 것. 미국에선 교육 관계자가 해당 가정을 방문하여 교육 실태를 점검하고, 부분적으로 도움을 주기도 한다.

꽃과 나무를 사랑하고, 가정생활에 충실한 사람들이 많아서인지 가장 인기 있는 코너는 정원 가꾸기와 요리 책 코너이다. 물론 어린이 코너는 가장 붐비는 곳으로 괜찮은 책들은 첫날 거의 다 팔린다. 10대 아이들은 『반지의 제왕』부터 시작해 최근 더 다양해진 판타지 소설을 사기 위해 새벽부터 줄을 선다. 철학, 정치학, 사회학 등을 다룬 전문서적들도 개장 초기에 이미 빈칸이 많이 보일 정도로 인기가 있다. 외국 유학생이 많은 도시이므로 학업을 마치고 이타카를 떠나는 외국인들이 기증한 비영어권의 외국어 서적도 많다. 고서적 수집가를 위한 코너는 별도로 마련되어 있다.

성큼 달려가 몇 권의 판타지 소설을 들고 나오던 큰아이가 한국어 코너에 있는 『몽테크리스토 백작』 시리즈 5권까지, 한 아름의 책을 가져왔다. 작은아이는 DVD와 보드게임 몇 개를 골랐다. 나는 존 스튜어트 밀의 『자유론』과 마크 트웨인의 유명한 고전을 몇 권 샀다. 출판된 지 얼마 안 되어 보이는 책도 있었지만 거의 100년 전에 출판된 오래된 책을 선택했다. 행사 후반기에 찾았던 터라 책 가격은 한 권에 25센트에서 10센트 정도였다. 라면 박스 한가득 담아 둘이서 들고 나왔지만 모두 합해 2달러가 되지 않는다. 벌써부터 뿌듯하다.

집에 돌아와서는 느긋한 마음으로 『톰 소여의 모험』을 펼쳤다. 트웨인이 사망한 지 얼마 되지 않아 출판된 그 책을 통해 평소에 좋아하던 그를 더 친근하게 느낄 수 있었다. 마치 그와 동시대 사람이 되어 그의 날카로우면서도 유머 넘치는 이야기를 듣는 듯했다. 내가 그를 좋아하는 건 물론 미국인을 바꾼 소설로 평가되는 『허클베리 핀의 모험』을 좋아하기 때문이기도 하지만, 그가 학교 교육을 전혀 받지 않고 독학으로 많은 책을 읽고 작가가 되었으며, 미국을 객관적으로 보는 눈을 갖고 인종차별주의나 제국주의에 반대하는 생각을 행동으로 옮겼기 때문이다. "교육은 모르는 것을 알게 해주는 것이 아니라 행동하지 않는 사람을 행동하도록 가르치는 것이다"라는 그의 명언은 그래서 깊은 울림을 준다. 북 세일을 통해 잠시 머무는 방문객의 교양도 한껏 높아진 듯하다.

 이타카, 전혀 다른 미국

이타카는 미국에서 자유주의 성향이 가장 강한 곳 중 하나이다. 경제 사정 악화로 인해 뉴욕 북부 지역이 갈수록 보수화되는 경향과 대조적이다.

1988년에는 제시 잭슨Jesse Jackson 목사가 민주당 대통령 후보 경선 때 최고 득표를 했고, 2008년 민주당 내부 대통령 후보 경선 당시에도 뉴욕 주에서 오바마가 힐러리를 누른 유일한 곳이 바로 이타카다. 또 이타카는 대통령 선거에서 공화당의 존 매케인보다 오바마에게 41퍼센트나 더 많은 표를 몰아준 곳이다. 지금도 집 앞이나 자동차 범퍼에 당시 사용한 오바마 지지 배너와 스티커를 흔히 볼 수 있다.

이타카 주민들에게서 가장 많이 들은 말이 있다. 이타카에서 살다가 돌아가면 미국에서 살다가 왔다고 말하지 말라는 것이다. 그만큼 이타카는 여러 면에서 여느 미국 도시와 다르고, 전혀 미국적이지 않으며, 주민들이 그런 점을 자랑으로 여기는 특이한 곳이다. 그 대부분의 특징들은 이타카의 교육과 연결되어 있다.

처음 도시가 만들어질 때부터 이타카 사람들은 교육에 특별한 관심을 기울였다. 시민전쟁에 참여한 공로로 이타카의 토지를 불하받아 이주한 초기 정착자들은 농사지어 돈 버는 것에 만족하지 않고, 자녀와 후대를 위한 교육에 많은 투자를 했다. 톰킨스 지역의 주민들은 수준 높은 교육기관을 만들기 위해 정착 초기부터 사람과 자금을 모았고, 이런 움직임은 공공도서관 설립 운동으로 이어졌다.

이런 분위기 속에서 전신 사업으로 돈을 모은 코넬Ezra Cornell이 책과 자금을 기부해 톰킨스 카운티의 공공도서관을 이타카에 설립하고, 1865년에 코넬 대학교를 세우면서 본격적인 교육도시 만들기에 들어갔다. 곧이어 1892년엔 음악전문대학으로 시작된 이타카 칼리지가 만들어지면서 음악, 방송, 드라마 분야의 젊은 인재들을 양성하기 시작했다.

두 대학의 학생 수는 2만 5천 명이 넘고 이타카 주민의 인구가 약 3만 명 정도이니 학생과 지역 주민이 서로 비슷한 숫자다. 게다가 주민 중에서도 대학에서 일하거나 대학과 관련된 일로 생활하는 사람들이 많다는 점까지 고려하면 이 지역에서 대학이 차지하는 비중이 어느 정도인지는 충분히 짐작할 만하다. 국제적으로 유명한 두 대학 덕분에 시골의 작은 도시에 전 세계에서 몰려온 사람들이 다양하게 활동하고 있어 이타카는 국제도시의 성격을 갖고 있다.

그러나 이타카는 작은 시골만의 특징도 함께 지니고 있다. 초등학교에서 대학교까지 수많은 국적과 종교를 가진 다양한 인종의 사람들이 함께 생활해야 하므로 서로를 존중하지 않을 수가 없다. 누가 무슨 말을 했는지, 어떤 행동을 했는지 금방 알 수 있는 좁은 곳이므로 말로만이 아니라 실제로 다양성이 존중되어야 했다. 학교 교사 중에 인종차별적인 발언을 한 사람이 있다면 하루 안에 모든 사람이 그 사실을 알게 되고 그는 더이상 이 도시에서 살기 힘들어진다. 백인 비율이 70퍼센트가 넘지만 미국의 다른 도시와 달리 백인 남성 중심의 문화는 찾아보기 힘들다. 오히려 여성, 유색인종, 성적 소수자, 기독교 이외의 종교가 보다 활발하게 움직인다. 달라이 라마가 티베트 불교 미국 본부를 이타카에 세운 데에는 그런 배경이 작용했다.

아이스하키
챔피언

처음 보는 사람도 쉽게 알아볼 수 있을 만큼 작은아이는 날 많이 닮았다. 외모뿐만 아니라 성격과 취향까지도 비슷해 깜짝 놀랄 때가 많다. 차분히 앉아서 책을 보는 것보다 밖에 나가 뛰어놀기를 더 즐기고, 운동을 하더라도 몸속 에너지를 남김 없이 소진해야 만족하는 것도 어릴 적 나와 똑같다. 발바닥이 아프도록 뛰어도 지칠 줄을 모른다. 성향이 정반대인 제 형의 주문에 따라 가족 모두 아무 일도 하지 않고 '빈둥거리기'를 할 때가 작은아이에겐 큰 고역이다. 우리가 큰아이의 콧노래 소리를 배경으로 연체동물처럼 방바닥에 배를 깔고 흐물거리면서 책을 볼 때 그는 지루함을 견디지 못한다. 물구나무서기 하듯 거꾸로 소파에 누워 발이 있어야 할 자리에 머리를 갖다 대고 꽈배기처럼 온몸을 비틀면서 하루 종일 툴툴거린다. 그의 형 표현을 빌리면, 그는 머리보다 몸이 먼저 움직여 무엇이든 일단 행동한 다음에 생각하며 성격이 급하고 참을성이 적은 스타일이다.

그런 그가 아이스하키의 매력에 푹 빠졌다. 친구 따라 강남 가듯 미국 학교에서 처음으로 사귄 친구들을 따라 시작했지만 정작 그 친구들은 중간에 그만두고 작은아이만 계속하게 된 것이 그에게 새로운 기회를 준 것이다. 머리끝에서 발끝까지 갖출 장비도 많고 평일과 주말 각각 이틀씩 일주일에 네 번 연습을 하고 경기에 데리고 다녀야 하는 스케줄은 부모에게 상당한 부담이었다. 그럼에도 작은아이가 아이스하키를 계속하도록 한 것은 격렬하게 몸을 움직이는 만큼 엄격한 룰에 따라 스스로를 통제하는 법을 배울 수 있다는 점 때문이었다.

그런데 아이스하키는 우리에게 그보다 더 많은 것을 주었다.

2009~2010년 겨울 시즌에는 스케이트조차 처음 배우기 시작한 초보였던 작은아이가 두번째 시즌을 맞이해서는 주말마다 여러 지역을 돌아다니면서 게임에 참여하고, 빠른 스케이팅으로 라이트 윙right wing이라는 자기 포지션을 잘 소화해 팀의 성적을 올리는 데 적잖은 공헌을 했다. 얼음판 위에서 쏜살같이 미끄러지는 퍽의 움직임도 잘 읽고 위치 선정을 잘해서 단독으로 골을 넣을 기회도 자주 잡을 수 있게 되었다. 한번은 순식간에 퍽을 잡아채어 단독으로 상대방 골대 앞으로 달려가 슛을 할 수 있는 절호의 기회를 잡았다. 상대편 골리

goalie, 골키퍼와 일대일로 대면한 상황에서 정확하게 퍽을 쳐올리기만 하면 득점을 할 수 있는 기회였다. 그는 강한 슛을 위해 퍽을 노려보면서 하키스틱을 치켜들었다. 그러다 갑자기 머리를 휙 돌리는 바람에 헛스윙을 하고 얼음판 위에 넘어졌다. 하키스틱을 올리는 순간 1년 반 동안 기른 앞머리가 눈앞을 가렸고 머리를 털면서 머리카락을 올리는 바람에 헛스윙을 한 것이다. 주위는 웃음바다가 되었고, 퍽은 상대편으로 넘어갔다. 그는 비슷한 실수를 두 차례나 더 했고 그 탓인지 팀은 그해 시즌 처음으로 패하는 기록을 남겼다.

아이의 실수는 내게 조바심을 가져다주었다. 게임이 끝나고 집으로 오는 차 안에서 "긴 머리칼을 자르지 않으면 앞으로 계속 실수를 할 거다"라며 이발을 권했지만 작은아이는 일고의 가치도 없다는 듯 단호하게 "노"라고 답했다. 운동을 즐기기 위해 아이스하키를 시작했듯이 긴 머리칼의 찰랑거림을 즐기고 있는데 웬 간섭이냐는 거다. 머리를 흔들 때 어깨를 쓸고 지나가는 머리칼의 느낌이 너무 좋다며 집에서 윗옷을 벗고 다닐 정도로 그는 긴 머리를 좋아했다. 남들이 여자로 오해해도 아랑곳하지 않았다.

그런데 정작 함께 게임을 하는 코치나 동료 선수 들은 그의 실수나 긴 머리칼에 대해 일절 지적하지 않았다. 시합 도중 벤치로 돌아온 그에게 코치는 오히려 퍽을 중간에 가로채는 동작이 너무나 훌륭했다며 그 다음 슛 기회까지 만든 것에 대해 크게 칭찬해주었다. 그런 다음 숏을 할 때는 퍽에 시선을 고정하고 정확하게 쳐야 한다고 가르칠 뿐, 끝까지 긴 머리칼에 대해선 한마디도 하지 않았다. 친구들도 숏 기회를 만든 것에 대해 멋있었다고 격려하면서 헛스윙 하며 넘어진 것을 두고는 백조 같았다고 크게 웃어주기만 했다.

이처럼 어떤 상황에서도 동료를 배려하고 칭찬을 앞세우는 태도는 코치와 선수 모두에게 배어 있었다. 같은 팀 동료 중에 골에 대한 집착이 유달리 강한 선수가 있는데 그의 문제는 퍽을 잡기만 하면 패스를 하는 법이 없다는 것이다. 그렇게 혼자 욕심을 부리면서도 막상 골을 넣기보다 퍽을 빼앗겨 기회를 놓치는 경우가 많았다. 하지만 그에 대해서도 동료와 코치 들은 불평을 하거나 야단을 치지 않는다. 성공하든 실패하든 골에 대한 그의 집중력, 드리블을 하면서 빠르게 스케이트를 타는 능력을 먼저 칭찬해주었다. 그리고 충분히 마음이 흡족하게 열렸을 때 비로소 아쉬운 부분을 지적해주었다. 공격해 들어갈 때 주변의 상대편과 동료들의 위치를 확인하고 어깨 너머 더 좋은 위치에 있는 동료에게 기회를 주는 능력은 단순히 골을 넣는 것보다 더 큰 박수를 받을 만한 재능이라는 설득이 쉽게 그의 마음과 태도를 바꿔놓았다. 동료를 배려하고 존중하며 상대편에 예의를 지키는 스포츠맨십을 책 속에서 외우는 것이 아니라 어릴 때부터 실전 속에서 경험으로 배우고 있었다.

그리고 마침내 2011년 3월. 대망의 스노벨트snowbelt 잼 대회˙가 다가왔다. 시즌 마지막을 장식하는 이 대회에 참가하는 선수와 가족들은 근처 호텔에 숙소를 정해놓고 며칠 동안 아이스하키 축제를 즐겼다. 이번 대회는 이타카에서 세 시간 거리의 모리스빌Morrisville에서 치러졌다. 이타카 팀은 다른 지역 팀과 확연히 다른 모습을 보여주었다. 오전 오후 두 차례 사흘간 5, 6회의 경기를 하는 동안 이타카 팀은 최고의 성적을 거두고 1위로 결승전에 올라갔다. 준결승전에선 연장전에서도 동점을 이뤄 승부치기까지 가서 1점 차이로 이겼다. 경기 중에 가족들의 환호와 응원 소리는 패한 상대 팀과 비교가 되지 않게 드높았다.

선수들의 모습도 평소와 달리 적극적이고 공격적이었다. 상대 팀의 빠른 공격을 막기 위해 몸을 날려 슬라이딩도 하고 넘어지면서도 퍽을 놓치지 않으려고 애를 썼다. 그런 적당한 긴장감과 게임을 즐기는 자세가 조화를 이뤄 결승전까지 올라간 것으로 보였다. 결승전에서 두 팀 선수들과 코치, 가족들의 모습은 너무나도 대조적이었다. 결승전 직전 상대 팀의 분위기는 반드시 이겨야 한다는 각오가 두드러졌다. 그들은 주요 작전을 다시 한 번 점검했고 승리를 위한 구호가 라커 룸 바깥으로 울려퍼져 나왔다.

˙뉴욕 주 중부의 눈이 많이 오는 지역 도시에 있는 아이스하키 팀들이 연령별로 조를 짜서 매년 경기를 하는 대회.

하지만 이타카 팀의 로커 룸은 경기도 하기 전에 이미 패한 팀 같은 분위기로 시작했다. 계속 장난치고 요란하게 놀기만 하던 아이들이 갑자기 조용해지더니, 한 명씩 눈물을 보이기 시작했다. 이번 경기를 끝으로 열다섯 명 팀원들과 헤어져야 하기 때문이었다. 승리에 대한 기대보다 헤어짐의 슬픔이 훨씬 더 컸던 것이다.

지난 10월부터 5개월 동안 매주 모여 운동하면서 모두 너무나 가까워졌다. 처음엔 서로 골을 넣으려고 경쟁하던 녀석들이 이제는 친구에게 기회를 양보하고 서로 부축해주며 존중하고 사랑하게 되었다. 코치가 마지막 게임에 대한 당부를 하면서 지더라도 즐겁게 하자고 했을 때 돌아가면서 서로의 장점과 성숙한 모습을 칭찬하고 박수를 쳐주기 시작했다. 올해 팀 내 득점왕인 닉에게 박수를, 불도저같이 저돌적인 앤드루가 패스를 하기 시작했다며 박수를, 팀에 항상 용기를 불어넣어주는 골리에게 감사의 박수를, 팀의 홍일점이면서 최강의 수비를 해준 티파니에게 박수를…… 하며 모두 서로에 대한 고마움을 표시했다. 열 살밖에 안 된 어린아이들이었다. 시즌 내내 장난만 치던 녀석들이 상대방의 단점보다는 장점을 볼 줄 알고, 또 그것을 동료들 앞에서 칭찬하며 고마워할 줄 알게 되었다. 옆에서 지켜보는 부모에게도 묘한 전율 같은 것이 전해왔다. 어른인 우리도 하기 힘든 행동이었다. 코치와 팀 동료, 부모 들 모두에게 감사하는 마음이 절로 우러났다.

그렇게 칭찬 릴레이를 마칠 때쯤 선수들의 분위기는 처음과 완전히 달라졌고, 모두 환희와 만족으로 달뜬 얼굴이 되어 링크로 올라갔다. 아이들은 경기를 시작하기도 전에 이미 감격의 순간을 경험하고 있었다. 이제는 정말 즐겁게 경기하는 것만이 남았다. 승리에 대한 결의로 뭉친 팀과, 서로에 대한 고마움으로 한껏 흥이 오른 팀의 움직임은 경기 초반부터 눈에 띄게 달랐다. 경기 시작 2분 만에 이타카 팀이 먼저 골을 넣자 분위기는 절정으로 치달았다. 곧이어 상대 팀의 득점이 이어지고 계속해서 주거니 받거니 골이 들어가 3 대 3이 되었을 때는 손에 땀을 쥐지 않을 수가 없었다. 조용하고 점잖기만 하던 이타카 팀 부모들도 목소리가 높아지고 아이들의 이름을 부르는 횟수가 잦아졌다. 박수를 치느라 손바닥이 뜨거워졌다. 마지막 1분이 남았을 때 또다시 연장전으로 가겠구나 생각했다. 코치와 선수들도 마찬가지 판단을 하고 있었다. 바로 그 순간 상대 팀이 득점을 했다. 방심이 실점을 불렀다. 결국 상대 팀이 챔피언이 되었고 아이스링크에는 상대 팀의 환호만 남았다. 이타카 팀 아이들에겐 아쉬움이 한꺼번에 몰려왔다. 라커 룸에 들어서자마자 헤드코치가 특기인 코맹맹이 소리를 내며 오늘의 경기에 대한 평가를 하면서 선수 한 사람 한 사람에게 잘한 점을 칭찬해주었다. 아이들은 움츠렸던 어깨를 다시 펴고, 굳은 얼굴을 펴고 환하게 웃기 시작했다. 아이들은 이미 챔피언 이상이었다.

경기 도중 작전 회의를 하는 이타카 팀

경기 후 선수들은 땀에 젖은 상태에서 그날 경기를 평가한다. (위)
아쉽게 우승을 놓쳤지만 아이들은 여전히 즐겁고, 만족스럽다. (아래)

최선을 다해 게임을 즐기라

　미국 아이들은 학교와 지역 공동체에서 다양한 스포츠 클럽에 가입해 운동을 즐길 수 있다. 클럽은 학부모 자원봉사자들에 의해 운영되고 아이들을 직접 가르치는 코치도 대부분 학부모들이다. 대부분의 클럽은 아이들이 동료들과 관계를 원만하게 유지하고 단체 활동에서 꼭 필요한 스포츠맨십을 키울 수 있도록 하는 고유한 행동 규칙을 갖고 있다. "어떤 이유로든 동료를 비난해서는 안 되며 모든 사람을 존중해야 한다"는 규칙은 그중에서도 첫번째로 꼽히는 덕목이다. 이를 어기면 팀에서 쫓겨날 수도 있다.

　미국 아이스하키 연맹의 행동 규칙은 부모, 코치, 선수 등에 따라 별도로 정해져 있다. 부모는 아이들에게 스포츠를 강요하지 말고 적극 지원하기만 하며, 아이들이 운동에 재미를 잃지 않도록 주의하고, 아이들이 규칙을 지키도록 지도하며 절대로 야단을 쳐서는 안 된다고 되어 있다. 코치는 승부에 집착하지 말고 아이들이 스포츠를 즐길 수 있도록 최선의 느력을 다해야 하며 선수들의 모범이 되도록 행동하면서 모든 선수에게 공평한 기회를 부여해야 한다. 선수들에게 모든 스포츠의 목적은 즐기는 것에 있다는 점을 가르치고 그러기 위해 선수들이 규칙과 팀워크를 배우고 모든 사람을 존중하는 방법을 익히도록 한다. 모든 부모는 이 행동 규칙을 숙지하고 아이들에게도 가르치겠다는 것을 약속하는 서명을 하게 되어 있다. 만약 규칙을 위반하는 일이 생기면 스스로 약속한 징계를 받게 된다.

이와 같은 스포츠 시스템은 많은 사람들이 오랫동안 만들어온 성과다. 청소년 스포츠 연맹National Alliance for Youth Sports은 현재 학교와 YMCA, YWCA, 각종 레크리에이션 그룹, 운동 종목별 리그, 어린이·청소년 클럽의 운영 기준과 행동 규칙을 만들고, 코치와 부모의 교육을 담당하고 있다. 35년 동안 일곱 명의 자녀를 키우면서 코치로, 또 스포츠 교육자로 헌신해온 프레드 잉Fred Engh이 1981년 설립한 코치 협회Coaches Association에서 시작된 이 연맹은 처음엔 어린이의 롤 모델이 될 수 있도록 코치들을 교육하는 기관이었다가 클럽 운영자, 부모 등 모든 참여자에 대한 교육기관으로 역할을 넓히면서 미국 청소년 스포츠 시스템의 기초를 마련하게 되었다. 아이들은 팀 스포츠를 통해 공동체 생활에 필요한 인성을 기르고 그 과정은 꼼꼼하게 기록된다. 모든 아이들은 개인 기록 카드를 가지고 있어서 연습과 경기에 참여하면서 몇 골을 넣었는지, 어떤 파울을 했는지까지 상세하게 기록되고 그 기록은 대학 진학 등에 중요한 참고 자료가 된다.

물론 '사커 맘Soccer Mom'이라는 비꼬는 투의 용어가 생길 정도로 어린이 스포츠 팀은 중산층 이상의 자녀들만 누릴 수 있는 혜택이라는 부정적 인식이 있다. 남편의 수입만으로도 여유 있게 생활할 수 있으니 엄마가 축구를 시킬 수 있는 것 아니냐는 것이다. 미국 경제가 나빠지면서 부모들이 모두 돈벌이를 하러 나가야 하고, 정신적 여유도 없어지면서 그런 곱지 않은 시선이 늘어나기도 했다. 하지만 비용과 시간이 많이 들지 않는 학교 내 방과 후 교실이나 YMCA, 유스 뷰로Youth Bureau 같은 곳도 많아서 경제 사정에 상관없이 아이들이 참여할 수 있는 방법은 얼마든지 있다. 그런 훌륭한 시스템 덕택에 대부분의 아이들이 스포츠 팀에 가입하

여 하고 싶은 운동을 한다. 모든 팀에는 초보자와 숙련된 선수가 골고루 있다. 팀과 그룹을 나누는 유일한 기준은 실력이 아니라 나이다. 실력이 우수한 선수가 항상 더 많은 출전 기회를 갖는 것도 아니다.

물론 승부에 집착하는 코치로 인해 불화가 생기는 경우도 있지만 대부분은 행동 규칙을 잘 따른다. 승패에 구애받지 않고 진정으로 스포츠를 즐기기 위한 규칙도 있다. 계속해서 패하는 팀의 부모들이 코치에게 불만을 가질 수도 있지만, 경기가 끝나고 하루가 지나야만 코치에게 조언이나 불만을 이야기할 수 있도록 한 것이다. 불만은 입속에 갇힌 하루 동안 사탕처럼 녹아 없어져버린다. 지나친 승부욕을 줄이고 경기의 재미를 높이는 놀라운 지혜. 승부는 보다 재미있고 짜릿한 경기를 즐기기 위한 수단일 뿐이다. 코치들은 패하더라도 항상 최선을 다해 게임을 즐기라고 가르치므로 아이들은 지더라도 장난치고 까르르 웃으면서 라커 룸으로 들어온다.

협곡과
자살

"Ithaca is Gorges."

이타카의 협곡은 아름답다.

처음 코넬 대학교에 와서 캠퍼스를 둘러볼 때 가장 눈에 띈 것은 끝없이 길고 넓은 카유가 호수를 내려다보는 언덕 위의 캠퍼스와 학교 안으로 425피트약 130미터 깊이의 큰 협곡이 지나가는 풍경이었다. 서스턴 애비뉴 다리Thurston Avenue Bridge 위에서 시원한 물을 적당하게 맞으며 깊게 파인 협곡을 내려다보면 그 아름다움에 취해 시간 가는 줄을 몰랐다. 처음 이타카에 왔을 땐 매일 자전거를 타고 이 다리까지 와서 한숨을 돌리면서 아름다운 협곡을 즐기는 것이 하루의 중요한 일과였다.

그런데 아름다운 꽃에는 가시가 있기 마련이라고 했던가. 그 다리 위에서 2009년 가을 학기부터 다음 해 봄 학기까지 여섯 명이 몸을 던져 목숨을 버렸다.

2010년 3월 11일, 버스로 다리를 건너는데 대학 경찰들이 다리 양쪽을 지키는 걸 보고 연구실로 들어와보니 대학 총장으로부터 이메일이 와 있었다. 그날 또 한 명의 학생이 다리 아래로 몸을 던진 것이다. 그의 죽음을 애도하고 그가 겪었을 고통에 공감을 표하며 총장은 학생들에게 "친구, 동료, 가족, 교수, 직원 들이 도움을 주기 위해 기다리고 있다. 당신은 혼자가 아니다. 아무리 큰 정신적 고통이 있더라도 그건 영원한 것이 아니다"라고 위로했고, 한 교수는 학창 시절 자기보다 우수했던 동료가 자살한 이야기를 하면서 "그 친구보다 학문적으로나 능력 면에서 훨씬 뒤떨어진 나도 지금 훌륭하게 잘 살고 있다"며 격려하는 글을 보냈다. 2월에 이어 또 자살사고가 생긴 데다가 이번에는 하루 간격으로 학생들이 목숨을 버려 그 충격이 전과는 달랐다. 학교는 어두운 하늘보다 더 침울한 기운에 짓눌렸다. 학생들은 가슴에 검은 리본을 달았고 그들이 몸을 던진 다리마다 꽃과 책, 떠나간 친구를 기리는 그림, 문구가 걸렸다. 다리 난간에 꽂힌 하얀 꽃 한 송이가 눈부셨다. 시리도록 하얀 꽃잎이 가슴에 맺혀 쓰라렸는데 나도 모르게 눈시울이 붉어진다. 얼마나 힘들었을까. 그 아픔이 어느 정도였기에 저 깊은 협곡으로 제 몸을 던졌을까. 그 외로움이 얼마나 참기 힘들었기에 아무도 모르게 자기를 내던진 걸까. 난간 위에 섰을 때 그 심정은 또 얼마나 복잡했을까. 그 한 사람 한 사람의 사연이 궁금해지도 전에 슬픔이 너무 빨리 찾아와 나조차 놀라웠다.

2009년 여름 한국을 떠나기 전에 전 대통령의 자살이라는 너무 큰 충격을 경험했기 때문인지, 미국에 오자마자 어릴 때부터 열광했던 마이클 잭슨의 죽음 소식을 들었기 때문인지 이제는 사망 뉴스를 접하면 개인적 인연이 없는 경우라도 가슴이 너무 아프다. 학교 내 예배당에서 추모 미사를 드린다는 걸 알았지만 슬픔을 감당할 자신이 없어 결국 발걸음을 돌려야만 했다. 다리마다 대학 경찰들이 저녁부터 아침까지 배치되었고 곧이어 50만 달러가 넘는 비용을 들여 다리마다 내 키를 훌쩍 넘는 임시 펜스가 세워졌다. 그 높은 펜스를 보고서야 그 전엔 난간이 내 가슴에도 닿지 않게 낮았던 걸 깨닫고 섬뜩 머리칼이 곤두섰다. 높은 협곡 위에 세워진 다리 위에서 아찔하도록 깊은 벼랑 밑을 내려다보며 예전엔 아름답다고 감탄하기만 했다. 그 높은 다리 위에 서 있으면서도 난간이 낮아 시야를 가리는 것 없이 협곡을 즐길 수 있어서 좋다고만 생각했다. 사태가 심각해 CNN을 비롯한 방송이 이 소식을 연일 전하고 이타카 전역이 대책을 찾기에 바빠졌다.

유명 대학일수록 자살하는 학생이 많다. 특히 아이비리그 대학들

은 전 세계에서 가장 뛰어난 인재들이 모여 치열한 경쟁을 하는 곳
이고 또 학교 입장에서도 명성을 더 높이기 위해 끝없이 경쟁을 부
추겨야만 한다. 평소 친밀했던 학생들의 관계는 시험 기간이 되면
180도 달라진다. 그들은 서로 밟고 올라서야만 하는 처절한 전쟁의
적이 된다. 노트나 시험 정보를 공유하는 일은 상상도 할 수 없고 동
료들이 그 자료를 보지 못하게끔 온갖 유치한 짓도 서슴지 않는다.
게다가 국적과 인종이 다른 경우는 감정적 반감까지 겹쳐 경쟁은 더
욱 격렬한 양상을 보인다. 그러니 학생들은 그 많은 동료들 가운데에
서 홀로 모든 학업 스트레스를 견뎌야만 한다. 대학 총장이 아무리
당신은 혼자가 아니라고 떠들어도 구조적인 문제는 여전할 수밖에
없는 것이다.

　유명 대학의 경우 그 스트레스의 양상은 특이한 경향을 띤다. 대
부분 대학에 입학하기 전까지는 고등학교에서 1, 2등을 놓치지 않았
고 스스로 머리가 좋고 재능이 뛰어나다고 확신하며 어린 시절을 보
낸 학생들이다. 그 학생들의 스트레스는 사실 시험을 못 보거나 취업
을 못 해서 생긴다기보다는 자기보다 더 시험 성적이 우수하고 더 좋
은 직장을 구하는 동료들이 있다는 사실에서 생긴다. 언론이 아이비
리그 대학 학생들의 자살을 크게 다루는 이유도 거기에 있다.

　코넬 대학교 학생들의 투신자살은 설립 이래 늘 문제가 돼왔다.

오랫동안 구전되어 전설이 된 이야기도 있다. 코넬의 많은 다리 중 '자살 다리'라는 별칭을 가진 현수교에는 두 가지 전설이 있다. 하나는 밤 열두시에 이 다리 위에서 연인과 키스를 하면 결혼할 수 있다는 로맨스풍이고, 다른 하나는 1889년 한 공대 학생이 심혈을 기울여 쓴 논문이 교수에게 거절당하자 그 다리에서 자살하면서 저주가 걸렸다는 '전설의 고향'풍이다.

하지만 자살한 것으로 알려진 그 공대생이 10년 후에 그 다리를 재건하는 데 자금을 제공했다는 사실이 알려지면서 전설은 누군가가 지어낸 이야기로 밝혀졌다. 그럼에도 저주받은 다리의 전설은 그대로 이어지고 있다. 1953년엔 원하는 여학생 클럽에 가입하지 못해 비관한 여학생 두 명이 손을 꼭 잡고 다리에서 뛰어내리기도 했다. 학교는 오래전부터 자살 방지를 위한 핫라인을 설치해 매일 2, 30통의 전화를 받고 있지만 소용이 없었다. 학교 내에 의사, 심리학자, 상담 전문가 등으로 구성된 상담 팀을 만들어 상설 운영해도 사정은 달라지지 않았다.

그러나 이번엔 학교 측이 좀 다른 방안을 추진하고 있다. 1년이 넘도록 여러 전문가의 의견을 수렴하고 지역 주민들과의 공청회도 거치더니 다리 위에서 뛰어내릴 수 없도록 높은 펜스를 만들기로 결정한 것이다. 그러더니 MIT 공대 교수가 이끄는 전문 건설 회사를 고용해 다리 디자인에 나섰다. 그 결과 다리 위로 탁 트였던 시야가 막히고 시선과 함께 정신을 빨아들일 정도로 아름다운 협곡을 더는 즐길 수가 없게 되었다.

이타카는 코넬 대학교 안의 협곡에 있는 다리에 영구 펜스를 세울 것인지를 둘러싸고 길고 격렬한 논쟁에 들어갔다. 찬반 논란은 이타카뿐만 아니라 미국 전역으로 퍼져갔다. 캘리포니아 샌타바버라 대학교의 글래스고Glasgow 교수는 영구 펜스 반대론자이다. 펜스가 자살을 막거나 줄였다는 증거나 연구 결과는 어디에도 없고, 자살의 원인을 제거하는 실질적인 대책은 세우지 않으면서 펜스만 세우는 것은 관계자들이 나름대로 소임을 다했다고 사람들의 눈을 속이기 위한 자위책일 뿐이라고 한다. 주민들의 반대 의견도 많았다. 1969년 졸업생 크리스는 "67년 12월인가 68년 1월에 나는 다리 위에 올라서 나 자신과 오랫동안 이야기를 했다. 술에 취한 상태였고 아마 최소한 한 시간 반은 더 고민했을 거다. 내가 뛰어내릴 확률과 포기할 확률은 반반이었다. 그렇게 고민하는 동안 행인이 날 말려서 지금까지 살고 있다. 그 뒤에 다리에서 뛰어내리는 후배들 소식을 들을 때마다 그때의 나 자신을 떠올린다. 얼마나 절박하고 절망스러웠던가. 하지만 다리에 펜스를 치더라도 다리에서 뛰어내릴 방법은 얼마든지 있다. 펜스를 넘을 수도 있고 다리 옆으로 빠져 내려갈 수도 있는 것이다"라고 했다.

그러나 학교 측은 펜스의 실효성을 믿고 있다. 매년 자살하는 학

영구 펜스 설치에 반대하는 스티커가 임시 펜스 여기저기에 붙어 있다.

생들이 나온다. 1990년부터 2009년까지 20년 동안 스물아홉 명학생
14, 주민 11, 이방인 4명이 다리에서 뛰어내렸다. 이는 같은 기간 이타카
전체 자살자의 절반에 이르는 수치다. 다리에 펜스를 설치하는 것은
그 자체로 의미가 있고, 효과도 있다고 주장한다. 하버드 공중 보건
스쿨은 잉글랜드의 클리프턴 다리, 뉴질랜드의 그래프턴 다리에 펜
스를 설치한 후 자살률이 줄었다는 점을 들어 펜스가 자살을 막았다
는 직접 증거라고 할 수는 없어도 투신자살을 더 늘리지는 않았다고
하며, 투신자살은 대부분 충동적인 경우이며, 일단 자살 시도가 좌절
되고 나면 다른 방법을 찾아 재시도하는 일은 드물다는 통계를 내놓
기도 했다. 학생들에 대한 책임이 있는 학교 입장에선 생명을 구할
가능성이 조금이라도 있다면 그 해법을 채택하는 것이 당연하다. 펜
스를 설치해 자살 충동을 막거나 실제 행동으로 옮기는 시간을 지연

시켜 목숨을 구할 수 있다면 펜스 설치론 또한 충분히 설득력이 있는 것이다. 실제로 임시 펜스가 설치된 후 누군가 펜스를 올라가다가 행인에게 발견되어 자살을 막을 수 있었던 사례가 두 번이나 있었다.

펜스 설치에 대해 70퍼센트 이상의 학생, 지역 주민 들은 반대하는 입장이었다. 코넬 대학교도 처음엔 펜스가 학교의 미관을 해치고 명문 대학의 명성과 외관에 손상을 줄까봐 소극적이었다. 하지만 전문가들과 코넬 대학교의 적극적인 의견 수렴 과정에서 펜스 설치가 자살을 막는 데 효과가 있다는 결론이 나왔으며, 전체 공동체가 이를 고민할 문제로 받아들이면서 사람들의 생각이 바뀌고 있다. 이제 학교는 안전과 미관을 모두 고려한 다리를 만들 것이다.

1866년 설립자 코넬은 창립 동료들과 대학교 터를 고르기 위해 이타카의 동쪽 이스트 힐에 모였다. 친구들은 언덕 아래 다운타운의 자리가 되는 호수 끝자락을 선호했으나 코넬은 "이스트 힐의 날카로운 지층으로 만들어진 협곡이 우리의 반대자로부터 학교를 지켜줄 것"이라며 두 협곡을 걸치고 있는 이스트 힐 위를 고집했고 그래서 학교는 지금의 협곡 위에 지어졌다. 그런 설립자의 의도와는 달리 학생들이 협곡 위에서 뛰어내리니 참 아이러니가 아닐 수 없다.

세이지
채플

코넬 캠퍼스의 중심부에 자리한 세이지 채플Sage Chapel은 담쟁이 덩굴로 뒤덮인 고풍스럽고 아담한 단층 건물이다. 바로 옆에 7층 높이의 올린olin 도서관이 있고 그 건너편에는 캠퍼스에서 가장 높은 건축물인 시계탑이 있어서 상대적으로 더 작아 보이기도 한다. 사람들은 소박한 아름다움에 이끌려 가벼운 마음으로 이곳에 발을 들여놓는다.

하지만 문을 열 때 손잡이에서 전해오는 묵직한 무게감부터 예사롭지 않다. 등 뒤로 문이 닫히자마자 제일 먼저 멈칫, 어둠이 앞을 가로막는다. 입구를 지키고 앉아 "성스러운 곳이니 예를 갖추시오"라고 말하는 사람이 굳이 없어도 자연스럽게 잠시 멈춰 눈이 어둠에 익숙해질 때까지 예를 차릴 수밖에 없다. 짧은 시간 동안 오래된 나무

와 돌, 카펫 등의 냄새가 뒤섞인 100년이 훨씬 넘는 긴 시간의 냄새를 맡게 된다.

곧이어 눈앞을 분간할 수 있게 되자마자 예상보다 훨씬 높은 천장과 넓게 트인 공간이 어둠 속에 자리 잡고 있음에 깜짝 놀란다. 내가 들어온 곳이 밖에서 보던 그 건물이 맞는지를 확인하기 위해 밖으로 나가 외양을 다시 살피게 될 정도로 예배당 안은 밖에서 보이는 것과 다르다. 전형적인 12세기 고딕 양식에 따라 가운데가 뾰족하게 솟은 아치 모양으로 된 천장은 실내 공간을 실제보다 훨씬 높아 보이게 하는 데다 어두운 조명이 그 깊이를 더해준다.

내부는 사방을 둘러싸고 있는 다채로운 스테인드글라스를 통해 들어오는 빛, 그리고 일곱 개의 샹들리에와 적당히 조도가 낮은 중앙 전실의 실내조명으로만 살펴볼 수 있다. 예배당 정면의 중앙 전실은 하늘에서 햇빛을 타고 황금색 가루가 쏟아져 내려오는 분위기를 만들어 가장 화려하고 밝은 곳이다. 기독교에서 신의 은총과 태양을 뜻하는 황금색 햇빛이 쏟아져 내리니 이곳이 바로 은총으로 가득한 정점이다. 황금빛은 돔 중앙에서 둥그스름한 벽면을 타고 내려앉았다가 벽면과 바닥에 반사되어 예배당 전체로 퍼진다. 눈부시게 화려한 빛이지만 예배당 전체를 환하게 비출 만큼 강하지는 않다. 그래서 예배당 내부는 전반적으로 어두우며, 그 어둠은 천장과 벽면을 더욱 높고 깊게 만든다. 어둠이 있어 빛이 더욱 화려하다.

전실의 천장과 벽면을 따라 시선을 옮기다보면 초기 예배당 설계자의 뜻을 어렵지 않게 읽을 수 있다. 돔과 벽면은 위에서 아래까지 세 부분으로 나뉜 그림으로 구성되어 있다. 가장 위 돔 천장은 십자가 앞에 무릎 꿇은 미카엘, 가브리엘, 우리엘, 라파엘 4천사로 이루어진 경배의 영역이다. 신을 가장 경이롭고 절대적인 신비 속에 표현하는 방법은 신을 그리지 않는 것이다. 대신 보이지 않는 신을 향해 두 손을 모아 무한한 믿음을 보내며, 기쁨으로 충만한 천사들이 날개를 접고 무릎을 꿇게 했다. 신의 존재는 창을 통해 들어온 빛으로만 느낄 수 있다.

그 아래 정면은 성서의 이야기와 예수의 선행을 그린 신의 계시 영역이다. 짙은 색의 스테인드글라스로 되어 있어 바깥에서 들어오는 빛의 방향과 밝기에 따라 성서 이야기의 강조점이 달라진다.

그 아래 하단 중앙에는 옷고름에 '필로소피아Philosopia'라는 글이 새겨진 고뇌하는 철학자가 의자에 앉아 있고 그를 중심으로 좌우에 하프, 플루트, 붓과 팔레트 등을 들고 있는 예술의 여신, 지구본과 컴퍼스 등을 든 과학의 여신, 책과 종이를 펴든 문학의 여신 등 학문을 상징하는 인물 형상들이 새겨져 있다. 그곳은 사람의 키 높이로 되어 있어 인간의 세계를 나타내며, 특히 학문을 탐구하는 대학을 상징한다.

이 전실의 3단계 구성은 묘한 조화를 이루고 있다. 종교가 세상을 지배하던 중세까지만 해도 만물이 생성, 사멸하는 원리부터 시냇물

천장의 스테인드글라스와 중앙 전실

이 흐르는 단순한 이유까지 모든 것은 신의 뜻이었고, 인간의 학문은 신의 뜻을 이해하고 그 뜻에 따라 살며 구원받기 위한 것에 불과했다. 하늘의 계시를 받아 땅에서 학문의 열매를 맺는다는 것이 그림의 기본적인 구조이다.

그러나 학문의 발전은 종교의 원리나 해석에 맞지 않는 새로운 것을 발견하고, 세상의 이치를 교리와 별개로 인식하여 신을 부정하는 데까지 나아갔다. 신과 종교의 영역이 줄어드는 만큼 인간과 학문의 영역은 그에 비례해 넓어졌다. 예배당 전실의 천장부터 중간 부분까지는 신의 영역으로 묘사되어 있지만 그 하단에 가장 눈에 띄는 부분이 인간과 학문의 영역으로 구성된 것은 그 갈등관계를 잘 표현한다. 그럼에도 전체의 3분의 2가 신의 영역이란 사실은 여전히 인간을 겸손하게 만든다.

중앙 전실의 천장에서 쏟아지는 황금빛은 바닥에 반사되면서 각종 설교와 강연, 공연을 할 수 있는 무대 같은 공간을 환하게 비춘다. 그 바닥에는 모자이크 타일로 덩굴과 가지 모양을 만들어놓았다. 덩굴은 진리를 뜻한다. 신은 진리이니 가지에 불과한 인간은 신을 따를 때 비로소 열매를 맺으리라는 기독교적 의미를 담고 있다.

중앙 전실 앞 둥근 바닥에서 시작된 빛은 750명이 앉을 수 있는 나무 의자들을 양쪽으로 가르며 뒤쪽까지 길게 나 있는 통로를 비추고 있다. 통로를 비추는 빛은 장미창이라고도 불리는 뒷면 정중앙의 큰 원형 스테인드글라스와 그것을 둘러싸고 벽면을 가득 채운 커다란 파이프오르간에 가서 닿는다. 오르간 앞은 성가단이나 합창단이 노래를 할 수 있도록 층층대로 되어 있다.

종교의식을 행하는 예배당으로 만들어졌지만 다른 교회와 달리 세이지 채플은 대학의 일부이기도 하다. 이 점은 이곳을 아주 특이한 공간으로 만들었다. 설립자 에즈라 코넬과 초대 총장 앤드루 화이트는 이 예배당을 지으면서 일반 교회와 다른 특별한 주문을 했다. 절대로 특정 종파에 의해 예배당이 운영되거나 독점되지 않도록 하고, 모든 종교와 믿음에 예배당을 개방한다는 원칙이 바로 그것이다. '배움을 원하는 모든 사람들에게 개방된 대학'이라는 설립 이념을 예배당에도 일관되게 실현하고자 한 것이다. 설립자들의 원칙을 반영하여 여느 교회와 달리 세이지 채플에는 정면 중앙에 십자가에 묶인 예수의 모습이나 성모상 같은 것이 없다.

예배당 전면뿐만 아니라 천장, 좌우 벽면에도 창립자의 기본 철학이 그대로 배어 있다. 물론 초기 고딕 양식으로 만들어진 천장에는 기독교적 상징도 많이 있다. 사원과 노아의 방주, 무지개, 희망과 인내를 뜻하는 닻, 경건함과 현명함을 뜻하는 램프가 그려져 있고, 모든 그림은 순수와 생명을 뜻하는 흰색, 창조적 힘과 신성한 사랑을 뜻하는 빨강, 진리의 상징인 파랑, 불멸을 뜻하는 초록으로 색칠했다. 그럼에도 예수를 직접 표시해놓은 것은 눈에 띄지 않고 사자나 양, 삼각 깃발 모양의 페넌트pennant가 상징적으로 그려져 있을 뿐이다. 좌우 벽면의 스테인드글라스와 모자이크 패널, 명판 등에도 기독교적 색채와 무당파를 지향하는 대학의 성격이 뒤섞여 있다. 스테인드글라스에는 성자나 유명한 성직자 들과 함께 교수와 학생 등 미국 사회를 위해 헌신한 코넬 대학교의 역사적 인물들, 그리고 1800년대를 휩쓸었던 천연두로 사망한 아이들을 추모하는 그림 등이 그려져 있다.

설립자들의 철학과 원칙은 예배당의 구조뿐만 아니라 예배당을 운영하는 방식에서도 그대로 나타난다. 지금까지 공인된 정파뿐만 아니라 이교로 낙인찍힌 종교행사도 이곳에선 자유롭게 거행되었다. 특정 정파가 독점하는 것을 막기 위해 강연과 설교는 외부의 성직자나 연사 들이 하도록 만들어두었다. 덕분에 세이지 채플은 결과적으로 지역이나 전국 주요 인사들의 강연을 듣기에 좋은 공간이 되었다. 또 예배나 종교행사는 주말이나 정해진 날에만 열 수 있게 하고 평소에는 결혼식장, 강연장 또는 학생들이 자유롭게 들어와 피아노를 치거나 교내 합창단이 연습하는 장소로 사용한다. 이 글을 쓰고 있는 지금도 코넬 남자 아카펠라 그룹이 엉덩이를 흔들며 춤추고 장난치면서 새로운 곡을 연습하고 있다. 그들은 지난번 영국의 킹스 칼리지 아카펠라 팀과 합동 공연을 할 때도 이곳에서 하루 종일 연습을 했었다. 예배당은 그들의 놀이터다.

그렇게 고집스럽게 자신들의 철학과 원칙을 지키려는 듯 코넬과 화이트는 죽어서도 예배당을 떠나지 않았다. 예배당 한쪽 측랑側廊에는 코넬과 화이트 등 창립자들의 시신이 안치되어 있다. 그들의 형상이 조각된 네 개의 석관은 너무도 정교해 마치 모두가 눈을 뜨고 살아서 누워 있는 듯하다. 그리고 사방으로 환하게 빛이 들어오는 측랑 스테인드글라스에는 잠든 그들을 지켜주는 수호자들이 그려져 있다. 이들 수호자는 예일, 하버드, 옥스퍼드 등 미국과 영국 유명 대학교의 설립자들이다. 미국의 유명 대학들은 서로 경쟁하면서도 다른 한편 대학 캠퍼스나 건물, 길 등에 다른 대학의 이름을 붙여 존경을 표시하곤 하는데 이곳에 그런 뜻이 함께하고 있는 것이다.

기독교 중에서도 보수적 프로테스탄트 경향이 강한 미국 동부에서 무당파적 원칙을 공표하고 모든 이교도까지 포용하려 했으니 1800년대 중·후반 코넬 대학교에 대한 공격이 어느 정도였을지는 가늠하기 어렵지 않다. 공격은 말과 글로 행해졌을 뿐 아니라 물리적인 폭력과 테러로 나타나기도 했다. 설립자들은 그 모든 것을 감당하려 했을 것이다. 지금도 코넬 대학교의 정신과 설립 원칙을 지지하고 지켜나가려는 사람들은 누구나 어김없이 세이지 채플을 가리킨다.

# 천상의 소리, 파이프오르간

세이지 채플의 경건한 분위기는 스테인드글라스에서 쏟아지는 빛에서 시작해 파이프오르간의 소리로 완성된다. 파이프오르간이 뿜어내는 바로크풍 음악이 예배당 전체로 울려퍼질 때 맨 앞자리에 앉아 가만히 정면의 스테인드글라스와 다채로운 색깔의 모자이크를 보고 있노라면 성경이나 영화 속에서나 봤을 법한 중세의 고성에 와 있는 것 같은 착각을 하게 된다.

파이프오르간 앞에서 손과 발을 이용해 현란한 솜씨로 18세기 바흐나 19세기 프랑크를 연주하는 모습을 보는 것은 그 자체로 음악 공연 그 이상의 감동을 준다. 장엄한 곡조가 힘차고 굵은 파이프 음을 타고 퍼져나올 때면 어두운 뒤편에서 수백 년 동안 숨죽이고 있던 중세 흑기사들이 파이프를 뛰어넘어 달려나오는 상상을 하게 된다. 그들은 천상의 기사이며 신의 대리인이다. 웅장한 오르간 소리와 함께 뛰어나온 흑기사들은 신을 따르는 자를 구원하며 거역하는 자를 징벌한다.

파이프오르간은 악기라기보다는 하나의 종교의식이다. 그 시작은 기원전 이집트까지 거슬러 올라가고 그리스와 로마를 거쳐 13, 14세기 기독교 전성기와 함께 절

세이지 채플의 파이프오르간

정에 이르렀다. 고요함과 위엄 속에서 웅장하고 성스러운 소리를 만드는 데 파이프
오르간을 따라갈 악기는 없다. 천상의 소리 같은 오르간 소리는 신의 은총처럼 울
려퍼진다. 그 소리는 신비로울 뿐 아니라 모든 것을 압도하는 위엄을 갖고 있다. 굵
고 무거운 저음에서부터 가늘게 뻗는 고음까지도 맑게 표현할 수 있기에 파이프오
르간은 교회음악에 필요한 모든 것을 혼자 감당할 수 있다. 그 다채로운 음색이현
악기와 관악기의 면모를 모두 담고 있어 1인 오케스트라 역할을 한다 하여 모차르
트와 베토벤은 파이프오르간을 악기의 제왕이라 불렀다.

　파이프오르간은 악기라기보다는 한 채의 건물이다. 파이프오르간을 설치할 교
회는 오르간의 소리가 완전히 흡수되지도, 지나치게 울리지도 않도록 소리의 흐름
을 철저하게 고려하여 건축한다. 파이프오르간은 피아노보다는 피리에 가까운 원

리로 소리를 내는 악기다. 건반을 누를 때 파이프 끝의 팰릿Pallet이라는 마개가 열려 그 속으로 바람이 드나들면서 소리가 난다. 그 소리는 온도와 습도에 예민해 너무 추우면 목이 잠긴 소리를 내고, 너무 더우면 늘어진다. 그래서 봄과 가을에 가장 소리가 맑다.

울림 역시 중요하다. 객석엔 군데군데 적당히 빈자리가 있어야 한다. 교회에 사람이 너무 많으면 울림을 흡수해 소리가 둔탁해지고 오르간은 짜증을 내게 되기 때문이다. 외양 또한 보통 교회 전면이나 후면을 가득 채우는 크기로 악기 중 가장 크다. 세이지 채플의 파이프 오르간은 3858개 파이프와 69개 음색을 내는 스톱, 3단 건반으로 되어 있다. 한국에서 가장 큰 세종문화회관의 오르간이 8098개 파이프, 98개 스톱, 6단 건반으로 이뤄져 있고 이걸 만드는 데 연인원 400명이 13개월 동안 공사를 했다니 딱 그 절반 정도로 가늠할 수 있는 규모다.

코넬 학생이면 반드시 해야 하는 161가지

코넬 대학교 학생들이 매일 발행하는 대학 신문 코넬 데일리 선 The Cornell Daily Sun 졸업식 판은 지난 4년간 코넬 대학교의 주요 이슈를 정리하면서 '코넬 학생이면 반드시 해야 하는 161가지'를 선정했다. 이 161가지 항목은 2005년 전체 학생들에게 이메일로 받은 내용을 편집한 것으로 2009년, 2011년에 업데이트해 가장 최근의 내용까지 반영한 것이다. 이는 품격 있는 칼럼이나 고상한 훈계를 늘어놓은 것보다 훨씬 큰 공감을 얻었고, 졸업생, 재학생 할 것 없이 모두에게 가장 인기 있는 코너가 되었다. 대학생활의 속살을 보여주는 데 이보다 더 솔직한 고백은 없을 거다. 그 항목 중 상당 부분을 경험하지 못했다고 생각하는 졸업생은 학사모를 쓰는 것이 굉장히 억울할 것이다.

코넬 대학교 하키 팀. 붉은 유니폼을 입은 쪽이 코넬 선수들이다.

그 첫째 항목부터 독자들의 뒤통수를 친다. 1번 항목은 "도서관을 침실로 삼아 서고에서 섹스를 해보았느냐"이다. 금기에 대한 도전은 젊은이의 특권이다. 혈기 방자함으로 자유를 만끽해보았느냐는 것이다.

도서관과 관련된 또 다른 항목으로 "호그와트 같은 로스쿨 도서관에 가본 적이 있는가"라는 질문이 있다. 대학 캠퍼스는 전체적으로 책을 보고 사색하기에 좋은 공간을 많이 갖추고 있다. 오래된 도서관 중에 로스쿨 도서관을 비롯해 해리 포터의 마법사 학교인 호그와트 같은 곳이 몇 곳 있는데 특히 초대 총장인 화이트의 이름을 딴 도서관이 그렇다. 작고 아담한 이곳은 무척 고풍스러운 느낌을 자아내는데, 학생들이 '해리 포터 도서관'이라 이름 붙인 곳이다. 이곳에는 화이트 총장이 기증한 4천여 권의 소장 도서가 3층에 걸쳐 꽂혀 있고, 그 사이사이에 책을 볼 수 있는 1인용 책상, 소파, 테이블 등이 노란 백열등 불빛 아래 놓여 있어 영화 속이나 수백 년 전 유럽의 수도원 도서관에 와 있는 듯한 느낌이 든다. 이곳엔 1894년 화이트가 러시아 대사로 임무를 마치고 돌아오면서 러시아 왕실에서 받은 큰 종도 있다. 160킬로그램이 넘는 이 종은 도서관의 종료 시각을 알리는 데 사용되다가 그 소리가 너무 크고 웅장해 학생들이 경기를 일으킨다는 항의가 많이 들어와 이후 화이트 도서관 한쪽 책상 옆에 조용히 모셔져 있다. 거기에 더해 도서관 전면 유리창 밖으로는 카유가 호수와 건너편 웨스트 힐이 펼쳐져 있어서 책을 보거나 글을 쓰다가 고개를 들어 경치를 감상하기에 그만이다.

3번 항목은 "아이스하키 티켓을 구하기 위해 링크 앞에서 밤을 새워본 적이 있는가"이다. 이타카는 겨울철에 눈이 많고 몹시 춥다. 그 추운 겨울에 학생들과 이타카 사람들의 지루함을 덜어주는 행사가 아이비리그전, 그중에서도 가장 뜨거운 종목이 아이스하키다. 코넬대학교 아이스하키 팀은 미국 전체 대학에서도 랭킹이 높은 실력파 팀이다. 스케이트를 따라 불꽃 튀듯 얼음가루가 빙판 위로 피어오르는 가운데 열두 명의 선수들은 엄청난 스피드와 절묘한 기술로 승부를 겨룬다. 코넬 팀은 거의 대부분 하버드나 예일과 결승전에서 만나 결전을 치른다. 특히 하버드와의 결승전은 가장 인기가 있어서 전체 아이비리그전의 꽃이라 불린다. 영화 〈러브 스토리〉에서도 두 대학 팀의 시합 장면이 나온다. 남자 주인공은 하버드 하키 선수이고 코넬과의 경기에서 하버드가 패하게 된다. 그 장면도 코넬 대학교 아이스링크에서 촬영했다고 한다.

이렇게 유명하고 인기 있는 종목이다보니 다른 경기는 온라인으로 티켓을 살 수 있지만 남자 아이스하키만은 직접 창구에서 표를 사야 하고, 하버드와 치르는 경기 표는 전날 밤부터 미리 줄을 서야만 손에 넣을 수 있다. 학생들은 담요와 침낭을 들고 와 몸을 똘똘 감싼 채 표를 팔 때까지 책을 보거나 게임을 하면서 기다린다.

한편, 아이스하키는 훌륭한 경기도 볼 만하지만 경기 전이나 중간의 치열한 응원전 또한 놓칠 수 없는 볼거리다. 대학의 이름을 걸고 승부를 겨루는 터라 서로 간의 심리전부터 불꽃이 튄다. 각 대학의 밴드와 합창단, 마스코트, 응원단이 목에 핏대를 세우며 노래하고 춤을 춘다. 학생들뿐 아니라 지역 주민과 머리 희끗한 졸업생 들까지 코넬의 상징인 빨간색 티셔츠를 입고 나와 함께 응원한다.

항상 원정팀 선수들이 먼저 입장하면서 소개되는데 그동안 홈팀 코넬 학생들은 신문지 등을 펼쳐들고 야유를 보내다가 하버드 선수 소개가 끝나면 링크 위로 신문지와 함께 생선을 집어 던진다. 보스턴 바닷가 어촌민이라고 놀리는 상징적 행동이다. 그러면 미리 대기하고 있던 도우미들이 순식간에 빙판 위를 돌며 신문지와 생선을 주워 나간다. 코넬 팀이 하버드로 원정 경기를 갈 때도 마찬가지다. 하버드 학생들은 코넬 선수 소개가 끝나면 신문지와 함께 닭을 집어 던진다. 시골에서 올라온 촌닭들이란 뜻이다(촌닭이 국제적 용어인 줄은 이번에 처음 알았다). 코넬과 하버드의 라이벌 전은 1910년까지 거슬러 올라가는, 전통이 오래된 경기이다. 양팀이 닭과 생선을 던지는 것은 1973년 경기 직전 하버드 학생들이 코넬 팀 선수들을 향해 죽은 닭을 집어 던지면서 시작되었다(한때 살아 있는 닭을 풀어놓기도 하고 골대에 닭을 묶어두기도 했었다). 거기에 대항하는 뜻으로 코넬은 하버드 팀을 향해 생선을 던지기 시작했다고 한다. 그래서 "코넬-하버드 남자 하키 경기 때 생선을 던져봤느냐"는 질문항도 나온다.

하버드와의 경쟁심이 두드러지게 드러나는 5번 항목은 "카유가 웨이터와 〈우리는 하버드에 가지 않았다We didn't go to Harvard〉를 불러 봤느냐"이다. 이 흥겨운 노래는, 하버드에 낙방한 학생들이 가는 곳 safety school이 코넬이라는 하버드 학생들의 놀림에 대한 대항곡이다. 카유가 웨이터라는 오래된 코넬 아카펠라 그룹이 빌리 조엘의 〈We didn't start the fire〉를 개사한 곡이다. 노래의 일부 대목은 이렇다. "우리는 연줄과 낙하산이 없고, 자만심에 가득 찬 허풍쟁이가 아니어서 하버드에 가지 않았다." 한마디로, 하버드를 비꼬면서 자신의 실력만으로 코넬에 들어와 온갖 다양성을 갖춘 훌륭한 대학에서 멋진 생활을 즐기고 있다는 것을 여러 사건, 이름을 내세우며 자랑하는 노래다. 첫 대목에 매카시, 닉슨, 텔레비전과 함께 북한, 남한, 메릴린 먼로의 이름을 단순히 나열하는데 그 이유는 개사한 사람 이외엔 아무도 모른다.

그렇게 중요한 경기에서 이기면 승리를 기념하기 위해, 지면 스스로를 위로하기 위해 학생들은 학교 앞 칼리지 타운의 술집으로 향한다. 욕설이나 하급 문화, 또는 독한 것일수록 전염성이 강하다. 대여섯 명이 둘러앉아 모두 맥주잔 위에 젓가락을 걸쳐놓고 그 위에 일본

코넬 대학교의 밤과 낮

정종을 작은 잔에 따라 쌓은 후 대표로 한 사람이 기념사 같은 것을 외치고서 테이블을 세 번 탕탕 내리친다. 그 충격으로 정종 잔이 맥주잔 속으로 떨어지면 맥주잔을 들고 한 번에 들이켜는 것이 이른바 정종 폭탄주다. "대학가 술집에서 정종 폭탄주를 먹어봤느냐"는 질문항이 있을 정도로 폭탄주는 여기서도 대학 문화의 하나로 자리 잡았다. 코넬 대학교를 다니는 외국인 학생 중 가장 많은 수를 차지하는 이들이 중국과 한국 사람이니 폭탄주는 한국인 학생들로부터 퍼져나간 문화라고 추측할 수 있다. 소주는 비싸고 구하기도 쉽지 않으니 정종을 '알잔'으로 쓰는 모양이다. 노란 머리에 탱크톱을 입은 백인 여학생, 레게 머리 흑인 학생 등이 구호를 외치고 테이블을 치며 한입에 폭탄주를 들이켜는 걸 보면, 복잡한 생각이 들지 않을 수가 없다.

이렇게 학생들이 나열한 '반드시 해야 하는 일' 목록은 오래된 제도와 전통 속에서 살아남은 풍습이 21세기 현실과 절묘하게 만나서 빚어낸 문화를 잘 보여주고 있다. 이런 이야기들은 학생들에게 대학 시절의 추억으로 남을 것이고, 대학은 그런 추억을 끌어모아 다시 전통으로 이어나갈 것이다.

4부

풀리지
않은
미국의
숙제

버마 난민 출신
포벨라

　포벨라는 나의 ESL 클래스 동료다. 숯처럼 짙고 깊은 눈과 그 눈만큼 검고 풍성한 머리칼을 가진 그녀는 영리한 눈을 반짝이며 항상 선생님 바로 앞자리에 앉아 수업을 듣는다. 그녀의 학구열은 대단해서 새로운 것을 배우면 스펀지처럼 빠르게 이를 빨아들인다. 마켓에 갔다가, 혹은 텔레비전을 보다가 모르는 표현이 생기면 메모해두었다가 반드시 물어보고 또 해답을 적어둔다. 질문을 할 때마다 자신이 다른 수강생보다 기초 지식이 없고 초등학생 수준의 질문만 한다고 생각하기 때문에 부끄러운 듯 항상 질문 끝을 웃음으로 흐리거나 미안하다고 말하지만 궁금증이 완전히 해소될 때까지 포기하지 않는다. 포벨라는 미국에 온 지 5년이 넘어 문장도 잘 만들고, 사람들과 대화를 하는 데에는 큰 어려움이 없다. 하지만 사용하는 단어가 제한

하얀 옷을 입고 무릎을 꿇은 여자가 포벨라다.

적이고 글을 읽고 쓰는 일을 많이 힘들어한다. 짧지 않은 기간 미국 생활을 한 사람들 중에 영어로 대화는 곧잘 하면서도 글을 읽고 쓰는 데 어려움을 겪는 이주민들이 많은데 포벨라도 그런 사람 중의 하나다. 어릴 때부터 학교에서 영어교육을 제대로 받지 못한 사람들의 공통점이다.

그녀는 버마의 카렌 족 출신이다. 그녀는 학교는 물론 수도, 전기 시설도 없는 버마의 깊은 정글에서 살았다. 마을은 대부분 친족으로 구성되어 있고, 열 가구 남짓이었다. 어려서부터 날이 밝으면 부모를 도와 일을 했고, 어두워지면 무조건 잠자리에 들어야 했다. 문명사회와는 동떨어져 먹을 것, 입을 것을 직접 만들어야 했고, 대나무로 된 집도 가족 스스로 만들었다. 어릴 적 그녀의 세상은 맨발로 뛰어서 10분이면 다 돌 수 있는 작은 동네와 그곳에 사는 친척들이 전부였다. 그들은 초원의 영양들이 맹수를 피해 거주지를 옮기듯 한곳에 오래 정착하지 못하고 계속 정글 속 다른 마을로 옮겨다녀야 했다. 소수민족, 저항 세력을 소탕하려는 버마 군인들이 그들의 천적이었다. 군인들에게서 쫓겨나 옮겨간 곳에 새로 집을 짓고 어느 정도 살 만해지면 또다시 마을을 떠나야만 했다. 그동안 얼마나 자주 이사를 하고 마을을 새로 만들었는지 그녀는 기억할 수가 없다. 그런 불안이 그녀에겐 일상이었다. 그럼에도 그녀는 정글을 사랑했다. 그녀가 아직도 친구와 물놀이하며 즐겁게 지내던 좋은 시간을 기억하고 있다는 것이 내겐 신기할 지경이다. 생명의 위협 속에 불안하게 도피하던 이주 생활은 국경 너머 태국의 난민촌으로 쫓겨나고 나서야 끝이 났다. 감옥이나 다름없는 난민촌이었지만 그곳에서 비로소 평화를 찾을 수 있었다니, 정글에서의 도피생활이 얼마나 끔찍했을지 짐작되고도 남는다.

난민촌은 지역이나 종족에 따라 다양한 형태를 띠고 있다. 목이 긴 여자들로 유명한 파다웅Padaung 족은 예외적으로 관광특구 같은 자치 마을을 만들어 생활하고 있다. 파다웅 족은 여자들의 목을 길게 늘이기 위해 어릴 때부터 무거운 금속 링 목걸이를 목에 걸어 쌓아올리는 특이한 풍습을 갖고 있는데, 기린같이 긴 목을 보러 오는 관광객 수요 때문에 타이 정부가 별도의 자치 마을을 인정한 경우다. 하지만 대부분의 종족들은 난민촌에 수용된다.

타이는 공식적으로 '난민 지위에 관한 국제협약'에 가입하지 않은 상태여서 국제법적으로 난민에 대한 법적 의무가 없다. 난민촌에는 목숨을 유지하기 위한 그야말로 최소한의 것만 제공된다. 그중에서도 음식이나 의약품 등은 국제지원기구들이 보내주는 구호품으로 충당하므로 타이 정부가 제공하는 것이라고는 사실상 쓸모없는 땅과 철조망밖에 없다.

그래서 주민들은 기약할 수 없는 먼 미래를 위해 아이들을 가르치는 일을 하거나 난민촌 울타리 바깥에서 희망을 찾는다. 아이들을 교육하기 위해 학교를 짓는 일은 그들이 할 수 있는 최대한이다. 하지만 환경은 열악하다. 대나무와 나뭇잎으로 간신히 하늘만 가린 곳이 학교다. 제대로 교육받은 교사도 없어 달리 할 수 있는 일이 없다. 무작정 가르치고 또 배우지만 그런다고 교육이 제대로 될 수가 없다. 미국으로 이민 온 대부분의 버마 사람들이 난민촌에서 교사로 일했다고 말하는 데에는 그런 사정이 숨겨져 있었다.

　그 이외의 많은 젊은이들은 울타리를 넘어 나가 불법적으로 타이 마을에서 일자리를 구한다. 이들의 경제활동은 타이 국가 경제에 중요한 역할을 한다. 최저임금을 보장받지도 못하고, 열악한 노동 조건에서도 짐승처럼 일할 수밖에 없는 불법체류자를 고용해 수익을 올릴 수 있기에 타이 정부는 국제법상 의무 없이도 선심 쓰듯 난민촌을 열어준다. 어디에서나 마찬가지로 불법체류자는 파리보다 못한 목숨이다. 하지만 버마 소수민족 출신 불법체류자의 처지는 훨씬 더 열악하다. 경찰에 체포되면 난민촌이 아니라 목숨이 위태로운 버마로 보내지기 때문이다. 그래서 난민촌 바깥에서 위험하게 일하는 사람들은 미래는 없지만 목숨은 부지할 수 있는 난민촌으로 돌아가고 싶어하기도 한다.

그 밖에 남아 있는 유일한 희망이라면 파벨라처럼 스폰서의 도움을 받아 미국이나 또 다른 외국으로 이주하는 것이다. 난민촌에 사는 사람 한 명이 미국으로 이주하게 되면 그의 가족 모두가 구원을 받을 수 있다. 미국이 가족과 친지의 이민을 더 쉽게 허용하고 있고, 또 먼저 정착한 사람이 스폰서가 되어 가족을 구원해줄 수 있기 때문이다. 이들이 미국으로 가기 위해서는 우선 유엔난민고등판무관실에 이주 신청을 해서 국제구호위원회의 서류 심사와 인터뷰를 거쳐야 한다. 그리하여 난민의 지위를 인정받게 되면, 또다시 서류 심사와 인터뷰를 진행해 난민들에게 항공편을 제공하고 신체검사를 한 뒤 기본 영어와 화장실 사용법을 알려준다. 미국에 도착해서는 난민재정착사무소와 국제구호위원회가 주거와 의료 혜택에 대해 알려주고, 기초 생활 및 영어 교육을 제공하며, 직업을 알선한다. 미국 도착 후 1년이 지나면 미국 영주권을 뜻하는 그린카드 신청을 할 수 있다.

  이 모든 과정을 통과하려면 신청자가 유엔이 인정하는 난민이라야 한다. 난민으로 인정되려면 인종, 종교, 정치, 사상적 차이로 인한 박해를 피해 외국으로 망명 신청을 한 것이라야 한다. 돈벌이를 위한 경제적인 이유는 받아들이지 않는 것이다. 그러나 그 경계는 항상 애매하다. 게다가 9·11테러 이후엔, 버마에서 게릴라 활동을 한 사람들은 받아들이지 않는다. 그전엔 게릴라 활동을 했다는 것이 버마 군부의 정치적 박해를 피해 강명하려는 것으로 받아들여져 난민으로 인정받는 데 좋은 사유가 되었지만 이제는 그 반대가 되었다. 난민 지위 인정도 고무줄처럼 불안정하다.

그런데 이런 모든 과정을 미국에 있는 스폰서가 도와준다. 난민 지위를 인정받지 못하거나 입국이 불허되는 경우에는 스폰서가 허위 서류를 만들기도 한다. 위험은 스폰서가 모두 부담해야 한다. 스폰서가 처벌을 받기도 하고, 난민이 미국 정착 이후에 갚아야 하는 항공료 등을 스폰서가 모두 부담하게 될 수도 있다. 그런데 많은 미국인들이 아무런 권리도 이익도 없이 의무와 위험만 잔뜩 짊어진 스폰서 역할을 하고 있다. 그들은 난민 구호에 앞장서는 활동가들이거나 그 지지자들이다. 입국 절차를 모두 마친 난민들이 정착하는 과정에서 스폰서들의 짐은 더욱 무거워진다. 직장을 알선해줘야 하고, 집도 찾아주고 영어도 가르쳐야 한다. 가게에서 빵 한 조각 사는 것부터 운전면허를 따고 보험에 가입하는 일까지, 그 모든 과정을 옆에서 도와주어야 한다. 한 사람도 아니고 몇 가족을 책임지는 스폰서도 있다. 난민이 미국에 정착하면서 새로운 위험이 뒤따르기도 한다. 몇 년 전엔 난민들이 영어를 배우러 다니는 ESL 반에, 정부 이민 정책에 불만을 가진 사람이 들이닥쳐 총을 난사하는 바람에 그 자리에 같이 있던 스폰서가 죽기도 했다. 이타카와 인근의 유티카엔 그런 스폰서가 많고 스폰서가 많은 만큼 버마 난민도 많다. 가족과 떨어져 혼자 미국으로 온 사람들은 미국 가정에 입양되기도 한다. 정식 입양 절차를 밟지 않고 난민과 가족처럼 함께 지내는 미국인도 꽤 있다. 그렇게 험난한 과정과 더 험난할 미국생활에서 스폰서는 난민들에게 가장 큰 힘이 되어주는 존재이다. 스폰서들의 헌신은 감동적이고 눈물겹다. 그들은 천사라고 불린다.

난민들은 미국에 정착하면서 또 다른 가시밭길을 가야만 한다. 입국 과정에서 난민들에게 제일 먼저 가르치는 것이 화장실 사용법이란 것은 이들의 미래를 암시한다. 물론 이는 정글이나 난민촌에서 오래 생활한 사람들이 미국 화장실을 청결하게 이용할 수 있게 안내한다는 선의로 시작된 일일 것이다. 하지만 미국에 들어온 난민들 대부분이 처음 하는 일은 식당이나 공공기관에서 화장실을 청소하는 일이고, 또 어떤 이들은 평생 이런 종류의 일만 하며 살아간다.

그들에게 미국은 뛰어넘을 수 없는 너무나 높은 장벽들이 겹겹이 둘러쳐진 곳이다. 인종·민족 차별은 기본이고, 탐욕에 가득 찬 업주들에게 제대로 급여를 받지도 못하고 닭장 같은 숙소에서 난민촌에서보다 더 혹독한 생활을 견뎌야 한다. 아무리 노력해도 좀처럼 돈을 모을 수도 없고, 매달 생활비를 마련하는 것만도 벅차다. 그들에게 언젠가 편안히 생활할 수 있는 미래란, 감히 상상해보기 어려운 꿈과도 같다. 어제처럼 오늘도, 오늘처럼 내일도 언제까지나 그렇게 허덕이며 강도 높은 노동에 시달리게 될 것만 같은 예감이 숨통을 조여온다. 결국 자녀들에게 모든 기대를 걸고 교육에 전념해보기도 하지만 가난한 부모 아래서 성공한 자식이 나오기도 쉽지는 않다.

사실 파벨라는 난민촌을 떠날 때 이 모든 사정을 이미 알고 있었고 단단히 각오를 했다고 말한다. 난민들을 싣고 가는 버스에 올라타 지난 10년간 자신이 살았던 난민촌을 돌아보면서, 그녀는 수많은 생각을 했다. 지금도 마찬가지지만 그 당시에도 그녀는 미국행이 잘한 결정인지 확신할 수 없었다. 하지만 어찌 됐든 난민촌을 떠나야 한다는 것은 확실했다. "기본적으로 미국이 난민촌보다는 나을 거라 생각했다. 난민촌은 아무런 권리도 자유도 없다. 새장 같다. 캠프 밖으로 나가는 건 불법이다. 인간이 살 곳이 아니다." 미국으로 오기 전, 그녀는 남편과 함께 난민촌에서 교사로 일했었다. 파벨라는 이렇게 말했다. "먼저 미국 켄터키로 간 친척은 의류 공장에서 하루 종일 박스를 만드는 일을 하는데도 제대로 생활하기가 어렵다고 했다. 그처럼 될까봐 두려웠다. 나는 남을 도울 수 있는, 사회적으로 의미 있는 일을 하고 싶다. 버마 문화를 버리고 싶지도 않다. 그러나 아이들에게 나의 과거를 그대로 밟게 할 수는 없어서 미국으로 간다. 언젠가 다시 캠프로 돌아가 힘들게 사는 사람들을 돕고 싶다." 그러면서도 그녀는 버마로 돌아가고 싶다는 말은 하지 않는다. 이들에게 조국은 난민촌이었다.

마틴 루서 킹의
의미

　이타카 다운타운을 가로지르는 가장 큰 도로 이름은 마틴 루서 킹 스트리트다. 그것뿐만이 아니다. 미국의 작은 시골 도시에도 곳곳에 남아 있는 킹 목사의 이름은 구석구석 큰 울림을 갖고 있다. 사망한 지 40년이 넘었지만, 그는 아직도 미국에서 가장 영향력 있는 인물로 종종 선정된다. 미국에서 킹의 이름이 붙여진 거리는 730곳이나 되고, 매년 1월 셋째 월요일 마틴 루서 킹의 날은 사람 이름을 딴 유일한 국경일이다. 그는 20세기의 세계적 순교자 10인 중의 한 사람으로 런던 웨스트민스터 사원에 모셔졌고, 성공회는 그의 사망일인 4월 4일을 민권 운동 지도자의 날로 지정했다. 그 정도만으로도 킹이 미국인에게 얼마나 위대한 인물로 존경받고 있는지는 분명히 알 수 있다.

미국인들은 왜 한목소리로 그를 성인과 같은 지위에 올려놓은 걸까. 국적과 인종, 역사적 배경이 다른 수많은 이민자들로 구성된 나라이므로 미국인들은 인종, 학력, 성장 배경에 따라 모든 것을 각자 다르게 평가한다. 그러나 킹에 대해서만큼은 존경받아 마땅한 인물이라고 평가하는 데 이견이 없다. 역설적으로 그래서 킹의 의미가 더욱 궁금하다. 흑인에게 킹의 존재가 주는 무게감은 어렵지 않게 예상할 수 있지만, 백인에게 또는 라틴아메리카계나 그 외 인종에게 킹은 과연 어떤 의미일까. 백인에게도 킹은 흑인에게 그런 것과 마찬가지로 시민권의 상징으로 인정받고 있을까, 아니면 백인이 킹에게 바치는 존경은 단지 극단적으로 표출된 인종주의를 애써 덮어보려는 노력에 불과한 걸까. 이런 궁금증은 미국 사람들을 보는 내내 내 마음 한구석에 자리 잡고 있었다.

그런데 그런 나의 궁금증에 응답이라도 하듯 반가운 소식이 찾아왔다. 마틴 루서 킹 그룹MLK Build이 독서 토론 모임을 만들기로 한 것이다. 이 그룹은 첫번째 프로젝트로 킹 목사의 마지막 저서인 『우리는 어디로 가는가—혼돈이냐 공동체냐Where do we go from here; chaos or community』를 1만 부 무료 배포하고, 2010년 가을부터 6개월간 토론 모임을 진행했다. 이 책은 킹 목사가 1967년 주변과 모든 연락을 끊고 자메이카로 들어가 그동안의 생각과 활동을 정리하여 쓴 것이다. 당시 그는 이 책에 자신이 절실하게 느끼고 있던 문제의식을 기록했다. 1950년대 중반부터 시작된 흑인 인권 운동의 범위를 넘어 백인을 포함한 모든 사람들의 정치적, 경제적 불평등과 전쟁, 폭력, 가난에 맞서 싸워야 한다는 자각이 바로 그것이었다. 그러므로 그의 책은 50년 전이 아니라 지금의 미국과 지역사회를 고민하고 토론하는 데에도 손색이 없는 교재다.

토론 모임은 여러 개의 그룹별로 진행되었는데, 나는 그동안 친분을 쌓은 지역 노동자 그룹Tompkins County Worker's Right Center과 흑인 공동체Southside Community Center가 공동으로 진행하는 그룹에 참여했다. 어떤 이는 뜨개질을 하면서, 어떤 이는 가져온 샌드위치를 먹으면서, 모임은 편안한 분위기로 시작되었다. 대부분은 킹에 대한 존경을 보이며 그의 신념과 삶을 배워 자기도 건강한 공동체를 위해 기여하고 싶다는 소망을 밝혔다. 나이 든 참가자들의 이야기는 특히 깊은 공감을 주었다. 그들은 젊은 시절을 격동의 미국과 함께했고, 그 기억이 자신을 이 모임으로 이끌었다고 했다. 킹을 암살한 총성에 하늘이 무너지는 듯한 충격을 받았다는 70대 할머니 낸시는 그 말을 하면서 마른 눈물을 글썽거렸다. 1968년 테네시 주 멤피스의 로레인 모텔 2층 방 난간에서 킹이 저격당했을 때 그 소식을 전해 들은 모텔의 전화교환수가 너무 놀라 심장마비를 일으켰을 정도로 당시 미국인이 받은 충격은 상상을 넘어서는 수준이었다. 그때 킹은 나중에 대통령 후보가 된 제시 잭슨, 가수 벤 브랜치와 함께 다음 날로 예정돼 있던 환경미화원 집회에 참여하기 위해 거기 머물고 있었다. 마치 자신의 죽음을 예견이라도 한 듯 바로 두 달 전 고향의 한 교회에서 그가 행한 설교 내용이 알려지자 사람들은 가슴을 움켜쥐고 펑펑 울었다고 낸시는 말했다.

내가 죽거든 나를 위해 긴 장례를 할 생각은 하지 마십시오. 긴 조사弔詞도 하지 말아주십시오. (…) 그것은 하나도 중요하지 않기 때문입니다. 나는 그날, 마틴 루서 킹은 다른 사람들을 위해 살려고 노력했고, 다른 사람들을 사랑하려 했으며, 전쟁에 대해 올바른 입장을 취했다는 평가를 받고 싶습니다. 또 배고픈 사람에게 먹을 것을 주고 헐벗은 사람들에게 입을 것을 주기 위해 애썼으며, 인간다움을 지키고 사랑하기 위해 몸 바쳤다는 것이 기억되었으면 좋겠습니다.

그의 설교 내용은 지금 들어도 섬뜩할 정도로 예견력이 뛰어나다. 사람들은 자신의 죽음을 예견하는 사람을 도인, 또는 성인으로 생각한다. 그러나 그를 진정한 성인으로 만든 것은 그런 그의 예지력이나 말솜씨가 아니라 숱한 생명의 위협 앞에서도 꿋꿋하게 자신의 길을 걸어간 인간 킹의 모습이다. 저격당하기 직전, 킹의 집에는 폭탄이 날아들었고 그의 교회는 누군가 놓은 불길에 휩싸였다. 킹 자신과 가족을 향한 협박과 위협이 갈수록 심해졌다. 죽기 전날, 멤피스의 메이슨 템플 교회에서 그가 했던 연설은 그래서 더 애간장을 태운다.

> 어떤 이들은 백인들의 광적인 협박에 대해 걱정합니다. (…) 누구
> 나 그렇듯 나도 오래 살고 싶습니다. 그러나 지금 그런 것에 관심을
> 기울일 수가 없습니다. 나는 하느님이 허락한 약속의 땅을 보았습니
> 다. 그곳에 나는 여러분과 함께 도착하지 못할지도 모릅니다. 그러
> 나 오늘 밤 나는 여러분이 하나로 뭉쳐 그 약속의 땅에 도달할 수 있
> 다는 것을 꼭 알길 바랍니다.

결국 그는 죽음으로 인해 전설이 되었고, 전설이 되어 세상을 구
원했다. 그의 죽음은 흑인 인권 운동의 상징으로 자리 잡았고, 인종
차별이 엄연한 범죄임을 공표했으며, 불평등과 전쟁 반대 등 그의 신
념이 공동선임을 밝혀주었다.

가장 연장자로 보이는 이타카 토박이 할머니 애니는 1961년 킹이
코넬 대학교에 와서 강연할 때 그 자리에서 직접 그를 보았고, 그때
자신을 완전히 사로잡은 킹의 연설을 듣고 평생토록 그를 존경하게
되었다고 말했다. 킹은 케네디가 대통령으로 당선된 직후인 1960년
과 1961년 두 번 코넬 대학교에서 강연을 했다. 첫번째 방문 때 킹은
'삶에 대한 세 가지 해석'이란 주제로 강연을 하면서 흑인이 미국 사

회에서 시민의 역할을 다하기 위해서는 더욱 많이 교육받고 교육을 통해 시민의식의 영감을 얻어야 한다고 목소리를 높였다. 또 애니가 들었다는 두번째 방문 연설에서 킹은 남부 지역의 인종차별 실상을 고발하며 사람들의 심금을 울렸다. 당시 킹이 이타카 공항에서 코넬 대학교까지 오는 길은 그를 환영하는 인파로 장사진을 이뤘다. 대낮에도 흑인을 폭행하고 킹에게 돌을 던지며 노골적으로 인종차별 성향을 드러내는 남부 지역과는 너무나도 대조되는 모습이었다. 이를 피부로 경험한 킹의 감회가 누구보다 컸을 것이다. 학생, 교수, 교직원 들이 모두 참여한 '차별 반대 코넬 대학교 위원회'는 킹과 '남부 기독교 지도자 회의'를 후원하기 위한 모금에 나서서 이틀 만에 6천 달러라는, 당시로는 거액의 후원금을 모아 전달하기도 했다. 화학생태학 분야의 세계적인 권위자가 된 코넬 대학교 아이스너 교수도 당시 킹의 연설이 자신의 인생을 바꿔놓았다고 말했다. 그는 킹의 연설을 들으며 남부 지방의 인종차별을 생생하게 실감했고, 그에 맞서 싸우는 킹의 열정과 신념에 감동해 차별 반대 코넬 대학교 위원회에서 활동하게 되었다고 말한다. 40년이 지난 지금도 킹의 정신을 잊지 않고 토론 모임에 참여하는 80대 노인 애니의 모습에서도 킹의 영향력을 충분히 확인할 수 있었다.

이러한 변화를 만들어내기까지, 킹과 시민들은 어떤 길을 걸어온 것일까. 시간은 1955년으로 거슬러 올라간다. 미국의 흑인은 1863년 링컨의 노예 해방 선언, 1865년과 1869년의 개헌을 통해 형식적, 법적으로 미국 시민의 권리를 갖게 됐지만 실제로는 딥 사우스Deep South라고 불리는 미시시피·앨라배마·조지아·루이지애나 주 등을 중심으로 심각한 인종차별이 끊이지 않고 있었다. 흑인을 겨냥한 노골적인 테러가 자행되는가 하면 투표권을 제한하기도 했다. 또한 식당 등 공공장소 출입을 제한하는 형태의 인종차별이 계속됐는데, '흑인 출입 금지' 팻말은 지방정부의 비호 아래 어디서나 쉽게 볼 수 있었다. 법에 의해 버스 앞자리는 백인 전용으로 정해져 있었으며, 흑인은 뒤에서부터 앉을 수는 있지만 백인이 앉을 자리가 없을 땐 무조건 양보해야 했다. 그런 가운데 1955년 몽고메리에서 로자 파크스Rosa Parks가 백인석 바로 뒷좌석에 앉았다가 뒤에 버스에 오른 젊은 백인에게 자리를 양보하라는 버스 기사의 요구를 듣지 않아 뭇매를 맞으며 체포되고 유죄판결을 받게 되었다. 이 소식은 삽시간에 흑인들 사이에 퍼져나갔고, 애틀랜타 대학의 흑인 여교수였던 로빈슨과 킹의 주도 아래 버스 승차 거부 운동이 들불 번지듯 일어났다. 백인과 지방정부의 폭압에 대항해 단순히 버스를 타지 않는 지극히 소극적인 저항에 불과했지만 이를 위해 흑인들은 평소보다 한 시간 이상 일찍 집을 나서야 했고, 고된 노동을 마치고 파김치가 된 채 또 걸어서 귀가하는 고난의 행군을 해야만 했다. 그럼에도 인도에는 버스를 타지 않고 걸어서 출근하는 흑인들이 가득했고, 대학생들은 자동차 함께 타기 운동을 시작했으며, 흑인 택시 기사는 무료로 흑인들을 태워주었다. 그동안 한 번도 백인에게 대항해서 이겨본 적이 없던 흑인들은 거의 모든 흑인들이 승차 거부 운동에 참여하는 것을 보고 스스로 놀라고 있었다. 애초 하루로 예정됐던 운동은 파크스의 재판 최종 판결이 날 때까지 1년이 넘게 지속되었다. 결국 도시 승객의 60퍼센트가 넘는 흑인 승객을 잃어버린 버스 회사는 부도가 나 문을 닫아야 했고, 연방대법원은 사건 발생 후 1년 만에 몽고메리 시의 인종차별 버스 승차 규정이 위헌이라는 판결을 내려야 했다. 물론 이것이 인종차별 정책에 대한 최초의 위헌 판결은 아니다. 1954년에 이미 초등학교 흑백 분리 제도가 위헌이라는 브라운 판결이 있었다. 하지만 직접 행동을 통해 얻은 최초의 승리만큼 값진 것은 없다. 이 사건은 미국 민권 운동의 기폭제가 되어 백인 전용 레스토랑 반대 운동, 투표권 행사 운동 등으로 확산되었고, 킹은 몽고메리 진보연합MIA, Montgomery Improvement Association의 의장으로 선출되어 명실공히 흑인 인권 운동의 지도자로 부상했다. 1961년엔 버스뿐만 아니라 기차를 포함한 모든 대중교통과 레스토랑을 비롯한 대부분의 공공시설과 사회 모든 부문으로 차별 반대 운동이 확산됐다. 그 범위도 몽고메리에서 남부 지역 전체로 넓어졌다.

그러나 오랫동안 굳어진 사회적 차별이 한 번의 승리로 단번에 없어지는 것은 아니다. 백인의 반발은 더욱 거세지고, 더욱 폭력적으로 변해 훨씬 더 큰 희생을 가져왔다. 그 충돌 과정을 상징적으로 보여주는 것이 프리덤 라이더스Freedom Riders 운동이다. 1961년 학생 비폭력 조정위원회SNCC, Student Nonviolent Coordinating Committee를 중심으로 백인과 흑인 학생들이 함께 버스를 타고 남부 지역의 여러 주를 돌아다니면서 인종차별 정책 반대 캠페인을 벌이기 시작했다. 대법원이 인종차별 정책을 위헌이라고 판결했지만 현실에서 차별은 없어지지 않았고, 법의 권위보다 훨씬 강력한 백인 우월주의를 없애려면 다른 행동이 필요했던 것이다. 젊은 학생들은 생명의 위협을 무릅쓰고 온몸으로 현실의 벽을 넘기로 했다. 학생들을 태운 두 대의 버스는 워싱턴DC를 출발해 뉴올리언스까지 가기로 되어 있었다. 하지만 두 대 모두 목적지까지 무사히 도착하지 못했다. 사우스캐롤라이나에서는 흑인 학생들이 백인 전용 화장실을 사용하려 했다는 이유로 집단 폭행과 구속을 당했고, 앨라배마에서는 KKK단의 소행으로 버스 한 대가 불태워졌다. 그런 상황에서도 남부 지역의 경찰들은 오히려 백인들을 보호하며 팔짱만 끼고 있었다. 버스의 안전을 요구하는 학생 조직의 호소를 받아들여 케네디 정부가 남부 지방정부에 압력을 행사하기도 했지만 지방정부는 말을 듣지 않았다. 그래도 학생들은 죽음의 위협 속에서 여행을 멈추지 않았고, 결국엔 경찰에 연행된 상태로 미시시피 주 잭슨에 도착했다. 백인의 위협이 거칠어질수록 프리덤

라이더스 참가자도 크게 늘어났다. 운동은 6개월 동안 계속되었다. 각 도시 참가자는 전국적인 규모로 번졌고, 결국 케네디 정부가 공공 시설에서 차별을 없애는 입법 조치를 하게 만들었다. 이렇게 프리덤 라이더스 운동은 미국 민권 운동의 중요한 이정표가 되었고, 1961년 은 킹과 흑인 시민권 운동이 중요한 전환점을 맞은 해로 역사에 기록 된다. 오늘날 미국은 초등학교 때부터 이 운동을 가장 역사적인 시민 저항 운동 중 하나로 가르치고 있다.

그리고 역사에 기록될 이 모든 변혁을 이끌어낸 킹의 이타카 방문 은 마치 개선장군의 입성 같았다. 미국의 시민권 운동을 통해 민주주 의의 새로운 단계를 경험하는 중요한 순간에 킹을 만난 이타카 사람 들은 더욱 그를 지지하고 그에게 성원을 보냈다. 흑인 인권 운동으로 처음 활동을 시작한 킹은 이후 평화 수호와 전쟁 반대, 가난 종식과 모든 사회적 차별 철폐를 주장하며 활동 영역을 넓혀갔다. 그를 따르 던 이타카 사람들의 관심과 생각의 폭도 더 넓어졌다. 1963년 워싱 턴 행진 때 킹이 했던 연설, "나에게는 꿈이 있습니다I have a dream"라 는 구절로 유명한 바로 그 연설은 수많은 사람들의 정의감에 불을 질 렀다. 그는 서정적이면서도 구체적인 연설로 사람들의 감동을 이끌 어냈다. 그는 1964년 노벨 평화상을 받고 상금 전액을 가난한 사람 들에게 기부했다. 그리고 도시 빈민 개혁 운동을 위해 북부 지역 시 카고 빈민가로 활동 무대를 옮겼다.

그런 가운데 그의 문제의식과 활동은 본격적으로 새로운 지평에 접어들었다. 활동의 영역이 넓어지면서 그를 지지하는 사람도 많아 졌지만 동시에 반대하고 혐오하는 사람도 늘어났다. 흑인 인권 운동에서 그와 뜻을 같이하고 활동을 지원하던 연방정부는 그의 활동이 도시 빈민 운동으로 확대되면서 태도를 바꾸었고 반전 운동으로 넘어가면서는 적대적 관계로 돌아섰다. 1967년 킹은 베트남 전쟁 반대 연설에서 노골적으로 미국 정부에 대한 반대를 나타냈다. "베트남이나 남아프리카, 라틴아메리카에서 미국은 세계혁명에서 온당치 않은 편을 들어왔습니다. 우리가 왜 라틴아메리카 지주들과 결탁해야 하며, 제3세계에서 셔츠와 신발이 없는 사람들이 일으키는 혁명을 제압해야 합니까?" 킹은 미국 사회에 만연한 인종주의, 빈곤 문제, 군사주의, 물질중심주의를 지적하면서 전면적인 사회개혁을 요구했다. 미국이 안고 있는 문제의 핵심으로 가까이 다가갈수록 그의 생명은 더욱 위협받게 되었다.

킹은 그의 마지막 책에서 1960년대 당시 미국에서 흑인의 인권 상황에 많은 변화가 있었지만 근본적인 개혁이 필요할 정도로 그 변화가 미비하다고 주장했다. 그리고 여러 장에 걸쳐 저항과 변화의 수단으로 비폭력 직접행동을 취해야 한다고 반복해서 강조했다. 힘을 가진 사람들과 국가가 그 힘을 이용해 정의를 억누르고 불의를 강요할 때, 기존 질서에 대항하는 가장 강력한 저항 수단은 역설적이게도 비폭력이다. 이는 오래전부터 역사적으로 검증된 저항의 수단이다. 간디가 어떤 권력 집단보다 강한 영향력을 가졌던 것처럼 킹도 그랬다.

그러나 막상 현실에서 비폭력적인 방법을 끝까지 지키며 사회를 개혁하는 것은 쉬운 일이 아니다. 상대가, 특히 국민을 보호할 의무를 가진 국가가 힘과 폭력을 동원해 시민을 억누를 때 끝까지 비폭력 저항 정신을 유지할 수 있을까? 바로 내 눈앞에서 동료와 형제자매, 심지어 내 자식들이 쓰러지고 있다면…… 게다가 끝까지 비폭력 정신을 지키려다 결국 킹도 폭력에 의해 살해되지 않았는가. 이 문제만큼은 토론에서도 깊은 여운을 남길 수밖에 없었다.

킹은 백인들에게조차 미국 역사에서 가장 중요한 지도자이다. 소수자 그룹에 가담한 백인뿐 아니라 여전히 다수자 그룹에 서 있는 백인조차도 킹의 신념과 활동을 인정할 수밖에 없기 때문이다. 절정기에 무대를 떠난 국민배우처럼 더이상 볼 수 없기에 더 신비화된 면도 없지는 않겠지만, 그는 흑인뿐만 아니라 백인을 비롯해 모든 인종을 연결시키는 가장 강력한 상징임에 틀림없다. 피부색과 언어, 문화, 기호와 종교 등 모든 것이 제각각인 이민자들의 나라 미국에 가장 필요한 것이 그 차이를 메우고 서로를 연결할 끈이라면, 킹이야말로 거기 부합하는 가장 훌륭한 아이콘이라고 할 수 있다. 흑인인 오바마가 대통령이 되었다고 해서 인종갈등과 차별이 해결된 것은 아니지만 흑인을 대통령으로 당선시킬 수 있다는 것이 미국인의 현주소, 킹의 의미가 아닐까. 그러나 물론 그렇게 당선된 흑인 대통령이 종전의 백인 대통령과 다를 바 없다고 비난받는 것은 또 다른 문제다.

'미시시피 버닝'과
세 명의 시민권 운동가들

    〈미시시피 버닝〉은 여러 가지 이유로 내게 강렬한 이미지를 남긴 영화다. 한국에서 처음으로 올림픽을 치른다고 어지러운 시기에 영화를 개봉한 점이 그랬고, 인간 내면에 숨겨져 있는 욕구를 표현한 앨런 파커 감독의 연출이 워낙 탁월해서이기도 했지만, 무엇보다 강한 인상을 준 것은 유색인용과 백인용이 구별된 채로 나란히 붙어 있는 음수대 장면이었다. 감독은 영화를 시작하면서 어색하게 따로 서 있는 음수대를 보여줌으로써 1964년 당시 백인들의 인종차별주의가 어느 정도였는지를 상징적으로 보여주었다. 둘 중 한 곳에서 설탕물이 나온다든지, 불소가 들어 있는 물이 나온다든지 했다면 어색함은 덜했겠지만 수도관은 하나였다. 아이러니하게도 유색인용 음수대가 흰색이어서 더욱 기억에 남았을 것이다.

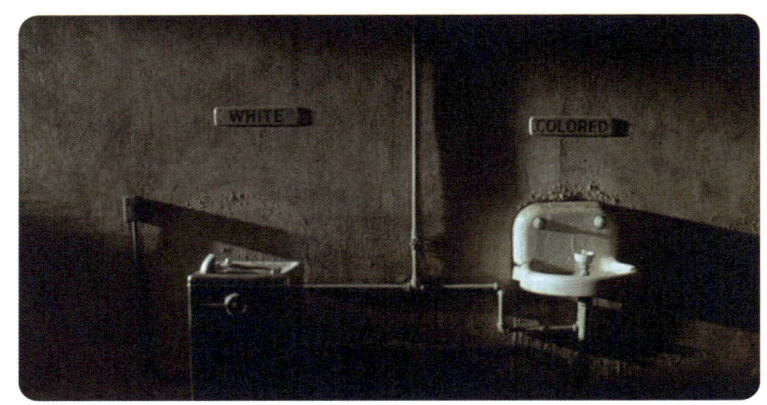

영화는 흑인 투표권 등록 운동을 하던 젊은 인권 운동가 세 명의 행방불명 사건을 조사하는 연방 수사관을 통해 당시 인종차별의 실상을 낱낱이 파헤친다. 이 과정에서 미시시피 주 제섭 카운티의 주민, 교회, 경찰은 물론 법원마저도 KKK단과 공범이 되어 흑인과 인권 운동가 들을 살해하고 범행을 덮으려 한 음모가 적나라하게 드러난다. 이 영화에서 보여주는 미국 백인들의 인종차별주의는 야만적일 뿐만 아니라 비열했다. 마을 전체가 범죄 조직처럼 변해버린 집단의 광기는 일본이나 독일의 그것에 비해 결코 약하지 않았다. 실제 사건이 영화 제작 때로부터 불과 20여 년 전에 일어났다는 사실에 놀랐고, 그 후로도 인종 갈등이 계속되고 있다는 점이 두려웠다. 영화 제작의 계기가 되었던 세 명의 인권 운동가들은 이후 부러지고 깨진 시체로 발견되어 '자유의 여름Freedom Summer'이라 불린 흑인 투표권 등록 운동을 전국적으로 확산시키고, 미국 시민권 운동의 새 역사를 만든 상징이 되었다.

그런데 뜻밖에도 그 3인의 인권 운동가들을 코넬 세이지 채플에서 만나게 되었다. 중세식의 표정 없는 학자와 성자 들의 인물 스테인드글라스 사이에 그려진 묘한 표정의 젊은이 세 명이 유독 눈에 띄었다. 흑인 한 명과 백인 젊은이 두 명의 얼굴은 1964년 당시 이들의 행방불명 사건 조사를 위해 FBI가 현상광고로 붙인 포스터의 사진에 있던 그 얼굴 그대로였다. 6월 21일 이들이 사망한 날짜와 함께 미국 남부군과 북부군 깃발이 그려져 있고, 그 아래에 "1964년 미시시피 지역에서 흑인 투표권 운동을 하다 살해당한 제임스, 앤드루와 우리의 동창인 마이클, 그리고 시민권과 인종 평등을 위해 투쟁하다 사망한 모든 이들을 기린다"는 코넬 졸업생들의 조사가 새겨져 있다. 영화를 통해 당시 사건을 익히 알고 있었으므로 스테인드글라스 맨 위에 그려진 불타는 교회와 '우리 승리하리라We Shall Overcome, 흑인 민권운동 당시 불린 노래 제목'라는 글귀가 무슨 뜻인지는 너무나 분명하게 다가왔다.

남북전쟁이 끝나고 흑인 노예제가 없어진 후 흑인의 권리는 연방법에 의해 보호되었으며 흑인은 백인과 법적으로 평등했다. 하지만 노예제에 익숙했던 남부 백인들은 하루아침에 흑인이 자신과 동등한 위치에 선다는 것을 받아들일 수 없었다. 흑인을 노예로 부려먹지 못하는 것도 억울한데 그들과 나란히 학교를 다니고, 대중교통 옆자리에 앉아야 하는 것은 참을 수 없는 모욕이었다.

결국 머리 좀 쓴다는 법률가들이 모여서 '분리하지만 평등하다'는 논리로 1876년 '짐 크로Jim Crow 법'을 만들었다. 이 법은 1965년까지 흑인과 자신들을 구별 짓기 위해 발버둥쳐온 백인들의 몸부림이고, 그 흔적이다. '짐 크로'는 흑인을 가리키는 경멸적 호칭이었는데, 이 법은 교육과 주택, 일자리 등에서 평생 인종 간 차별과 분리를 만들어냈다. 경찰, 법정, 지방정부 등 공권력은 앞장서서 인종차별을 지휘했으며 차별에 저항하는 흑인을 폭행했다. '일부 몰지각한 백인'이 흑인과 결혼하는 것을 눈 뜨고 볼 수가 없어 1924년엔 '타 인종 간 결혼 금지법'까지 만들었다.

하지만 국경도 막지 못하는 사랑을 법률 하나로 어찌할 수는 없는 노릇이었다. 1959년 사랑에 빠진 백인과 흑인 커플이 버지니아 주 경계를 넘어 워싱턴 DC에서 결혼식을 올리고 고향으로 돌아왔더니 한밤중에 경찰이 침실을 덮쳤다. 남부에서 태어났다는 이유로 이들은 이런 말도 안 되는 재앙을 겪어야 했다. 더군다나 이 부부에게 내려진 유죄판결문은 그 자체로 코미디를 연상시킬 만큼 황당하다. "신께서 인간을 백인과 흑인, 황인과 말레이계, 적인종아메리카 원주민 등으로 구분하시고 서로 다른 대륙에 나눠 살도록 하셨다. 타 인종 간 결혼은 신의 섭리를 어기는 것으로 용서할 수가 없다." 하지만 50년 전 미국에선 이 웃기지도 않는 희극이 엄혹한 현실이었다.

백인들이 자신의 우위를 보전하기 위해 사용한 가장 비겁한 방법은 흑인들에게 정치적 권리를 주지 않는 것이었다. 정치는 언제나 모든 인간관계의 정점에 있다는 것을 백인들은 알고 있었다. 미국 수정 헌법 제15조에 의해 보장되는 흑인들의 참정권이, 남부 지역에서는 사실상 박탈당한 것과 다름없었다. 유권자는 자신의 투표권을 행사하기 위해 투표권 등록을 해야만 하는데, 1877년 당시 흑인들이 투표권 등록을 하기 시작하자 남부 조지아 주는 주정부에 인두세를 납부하는 사람에 한해서만 투표권을 인정하는 것으로 법을 바꾸었다. 끈질기게 인두세까지 내는 흑인들이 생기기 시작하자 이제는 그 인두세를 '매년' 납부하는 사람만 투표하게 만들었다. 그러고는 대부분의 흑인이 어릴 때부터 농장에서 일하느라 글을 배우지 못한 것을 이용해 문맹 테스트를 통과한 사람만 투표하도록 하더니 나중엔 글을 읽을 줄 아는 것만으로는 부족하고 내용을 '이해'하는 사람만 투표할 수 있게 법을 바꾸었다. 심지어는 노골적으로 재산이 일정 수준 이상인 사람만 투표할 수 있도록 법을 만들기도 했다. 결국 10년이 지나서는 전체 유권자의 37퍼센트만이 투표권을 가질 수 있었고, 그

중 흑인은 10퍼센트도 되지 않았다. 노예에서 해방된 지 100년이 지났지만 흑인들은 자신들에게 선거권이 있다는 사실조차 믿으려 하지 않았다. 대부분은 문맹이고, 농장에 얽매여 저녁 늦게까지 일해야 하니 투표권 등록을 할 시간도 없었다. 그나마 등록을 하면 농장에서 쫓겨나거나 폭행 또는 죽임을 당하던 때였다. 흑인들의 권리를 일깨워줄 교육이 필요했고 그 역할을 인권 운동가, 북부의 대학생 들이 위험을 무릅쓰고 자임했다.

그러던 중 1963년 7월 미시시피 주의 시민운동 지도자 메드거 에버스Medgar Evers가 살해되었다. 그는 2차대전 참전 용사였고, 고향으로 돌아와 유권자 등록을 하려다 백인에게 공격을 당하기도 했었다. 그를 살해한 백인은 재판을 두 번 받고 석방되었으며 나중엔 미시시피 주 부지사로 입후보하기까지 했다. 그러자 거센 비난이 일어났고, 전국의 활동가들이 남부로 몰려들었다. 미시시피는 민주주의를 위한 격전지가 되었다. 예일과 스탠퍼드 등 각 대학에서는 1천 명이 넘는 학생들이 흑인들에게 투표권 등록 절차를 가르치고 투표권을 행사하게 해 스스로의 권리를 지킬 수 있게 도와주었다. 문맹자의 투표권을 제한한다기에 흑인들에게 글을 가르쳤고, 학교를 세워 흑인의 역사를 가르치며 금기를 깨나갔다. 학생들은 교통비, 체류비는 물론 활동하다 체포될 때를 대비하여 보석금까지 자비로 들고 남부로 내려가야 했다. 남부 백인들은 '공산주의의 침공'이라며 맹렬하게 저항했다. 6주 연속 캠페인을 벌이는 동안 흑인 여섯 명이 살해됐고, 1천 명이 체포됐으며, 60채 이상의 집과 교회가 불탔다. 그러던 와중에 3인의 활동가가 살해당한 것이다. 이들은 당시 활동가들을 지원하는 교회에 불이 난 사건을 조사하려고 나섰다가 미시시피 경찰에게 속도위반 혐의로 체포되었고, 보안관에 의해 KKK단으로 넘겨져 폭행 끝에 죽임을 당했다.

들끓어오르던 분노가 폭발했다. 더 많은 활동가들이 남부로 몰려들었다. 대부분 뉴욕 등 북부와 서부 지역 출신의 백인 학생이었다. 그중에는 코넬 대학생도 많았다. 학생 조직의 간부로 운동을 지휘하다 살해당한 마이클도 그중 한 사람이고, 앤드루는 그의 아버지가 코넬 졸업생이었다. 이 사건을 기억하기 위해 수많은 예술가들이 이를 기록하고, 영화와 노래로 만들었다. 앤드루와 퀸스 대학교의 친구였던 사이먼과 가펑클은 〈He Was My Brother〉라는 곡을 만들어 그를 기리기도 했다.

당시 민주당 정부는 사건을 빨리 마무리하고 더이상 확대시키지 않으려 노력했지만 젊은이들의 분노를 잠재우지는 못했다. 캠페인에 가담하는 젊은이는 수만 명, 수십만 명으로 늘어났고, 미시시피 주 민주당에 맞서 '미시시피 자유 민주당Mississippi Freedom Democratic Party'이라는 조직까지 만들어졌다. 조직은 8만 명이 넘는 사람들로 이루어져 있었으며, 이들은 68명흑인 64명, 백인 4명의 대표를 뽑아 민주당 전당대회에 파견하기까지 했다.

　한편, '미시시피 버닝' 사건의 주범으로 지목되던 에드거 레이 킬런은 사건 발생 41년 만인 2005년에 와서야 유죄판결을 받아 또 한 번 세상을 경악하게 만든다. 1967년 FBI가 살인 피의자로 일곱 명의 백인을 기소했으나 그중 6개월 이상 복역한 사람은 아무도 없다. 당시 배심원은 전도사인 킬런에게 유죄판결을 내릴 수 없다고 하여 킬런은 곧바로 석방되었다. 그후 수사기관과 법원은 오랫동안 침묵하다 2005년에 들어서야 재수사를 시작했고 마침내 킬런은 유죄판결을 받기에 이르렀다. 하지만 살인죄가 아니라 과실치사죄였다. 킬런은 항소했고 2007년에 가서야 최종적으로 미시시피 대법원의 유죄 확정판결을 받았다. 여든이 넘은 그는 징역 60년 형을 받고 현재 복역 중이다.

게이 주교의
강연

동성애자도 크리스천이 될 수 있는가.

마틴 루서 킹 목사 사망 43주년을 맞아 세이지 채플이 강연자로 미국 뉴햄프셔 성공회 주교인 로빈슨Robinson을 초청했다. 흑인 인권 운동의 대명사가 된 킹의 이름으로 진행되는 강연은 특별히 인기가 높아 항상 많은 사람들이 참가한다. 여기에 강연자로 초청받는 사람은 그것만으로도 큰 명예라 여긴다.

그 연사로 동성애자 권리의 전도사가 된 로빈슨 주교를 초청했다는 것은 여러 가지로 주목을 끌기에 충분하다. 그는 2003년 뉴햄프셔 주의 성공회 주교 선거에서 동성애자의 권리를 공개적으로 주장하면서 선출된 최초의 게이 주교다. 그는 결혼하고서 두 딸의 아버지가 될 때까지도 자신의 성 정체성을 제대로 알지 못했지만, 자신이

매년 6월 무렵 열리는 이타카 페스티벌 중 무지개 행진

동성애자임을 확신하게 된 후부터 가족과 사회에 그 사실을 선언하고, 동성애자의 권리를 찾는 활동에 본격적으로 나섰다. 그는 병약하게 태어나 어릴 때부터 하루하루가 그의 마지막 날이 될 것이라고 생각하며 모든 일에 열과 성을 다했고, 커밍아웃 이후 모든 열정을 동성애자의 인권 신장에 바쳤다.

주교 선거에서 그가 동성애에 대해 발언한 내용과 그가 주교로 선출됐다는 사실은 성공회를 전 세계적으로 분열시켰고, 기독교 사회에 동성애와 성경 해석을 둘러싼 대대적인 논란을 불러일으켰다. 보수성이 강한 나이지리아 등 일부 국가 성공회 대표들은 세계주교대회에 불참을 선언하며 항의했고, 이에 남아프리카공화국의 투투 대주교는 "만약 신이 동성애 혐오주의자라면 나는 그런 신을 섬기지 않겠다"라고 맞서며 로빈슨을 지지했다. 로빈슨의 발언과 행동 하나하나는 성경이 동성애를 금지하고 있다고 믿는 기존 기독교 그룹의 강한 반발을 불러왔다. 결국 그는 자신의 주교 취임식과 동성 결혼Civil Union, 시민 결합 때 방탄조끼까지 입어야 했다. 이처럼 그가 파격적으로 행동할 수 있었던 데에는 동성 결혼뿐만 아니라 여러 정책과 제도에서 개방적 태도를 보여주는 뉴햄프셔의 지역적 특색이 크게 작용했다. 성공회의 개방적 태도도 큰 역할을 했다.

그는 이날 강연에서 한 시간이 넘게 여러 가지 역사적 일화, 통계,

성서 해석 등을 통해 동성애자의 종교적 권리를 옹호했다. 그는 30년 전만 해도 동성애 이야기를 입 밖에 꺼내는 사람을 거의 찾아볼 수 없었지만 이제 동성애는 누구나 말할 수 있는 우리들의 이야기가 되었고, 이미 밖으로 빠져나온 치약을 다시 튜브 속으로 밀어넣을 수는 없는 것처럼 지금 미국에서 가장 치열한 논쟁거리가 되고 있다고 말했다. 또한 동성애가 종교적으로 존중받을 수 있는 것은 신의 사랑이 그만큼 폭넓은 아량으로 가득 차 있기 때문이라고 했다.

그럼에도 동성애자들이 그동안 극심한 편견과 고통 속에 시달려야 했던 것은 대부분 종교인들의 잘못된 생각에서 비롯되었다고 그는 꼬집었다. 그는 동성애를 비난하는 성경 구절을 부정하지 않았다. 성경이 명시적으로 동성애를 금지하고 있음을 인정하지만, 동시에 성경은 노예제도를 정당화하고 여성을 억압의 대상으로 명시하고 있지 않냐고 목소리를 높였다. 그렇다고 해서 오늘날 우리가 노예제도와 여성차별을 무조건 받아들일 수 없는 것처럼, 동성애 문제도 이와 마찬가지로 현재의 시대 상황에 맞게 재해석해야 한다는 것이다. 성경이 가르쳐주는 지혜를 깊이 받아들이는 것은 좋지만 명백히 시대착오적인 것까지 무조건 수용하는 것은 어리석은 노릇이다. 성경은 수백 년 전에 여러 문화의 영향을 받은 수많은 현자들에 의해 만들어졌기 때문이다. 그는 그것이 성경을 우리의 시대에 맞게 해석해야 하는 이유라고 했다. 그리고 이것이 성경을 올바르게 해석하는 법이라

고 주장했다. 그는 인종차별주의, 여성차별주의, 동성애차별주의 등
은 공통적으로 힘 있는 자들이 편견에 의존해 자신들의 지배력을 유
지하려고 제도와 법을 만들고 영향력을 꾸준히 행사하여 만들어진
결과물이라는 점을 잊지 말아야 한다고 힘주어 말했다. 그러면서 아
직도 우리 사회에는 관용의 힘이 부족하다고 했다. 그는 마틴 루서
킹 목사 기념 강연을 맞아 사회정의를 위해 자기와 다른 것에 대해
더 많은 '관용tolerance'이 필요하고 나아가 더 넓게 '수용acceptance'하
는 자세가 필요하다고 말했다.

그는 소수자의 시선으로 성경과 교리를 해석하고 기독교를 넘어
세상을 바라보았다. 그랬기에 그는 다수자에게는 익숙하게 느껴지지
만 소수자에겐 차별과 폭력으로 작용하는 관습과 제도를 볼 수 있었
고, 사회에 관용보다는 배척이 만연해 있다는 사실을 알 수 있었다.
다수자의 우산 아래에 안주하는 것은 위험하다. 대대수의 사람들을
위한 정책을 만들 때도 소수자의 시각이 필요하며, 어떤 제도를 만들
때든 소수자의 권리도 배려해야 한다. 이는 소수자만을 위한 것이 아
니라 다수자를 위한 것이기도 하다. 우리는 어쩌면 '아직' 성 정체성
을 깨닫지 못한 동성애자, 잠재적 소수자일지도 모르기 때문이다. 관
용과 수용은 결국 우리 모두를 위한 것이다.

그의 강연은 기대 이상으로 많은 것을 깨닫게 했다. 피부색을 자
신이 선택하여 태어날 수 없듯 동성애자들은 선택의 여지 없이 이성

애자들과는 다른 성 정체성을 갖고 태어난 것이므로 그들은 차별받거나 손가락질을 당할 이유가 전혀 없다. 단지 이성애자들보다 수가 적다는 이유 때문에 그들을 '비정상'으로 규정하는 만행이 언제까지 계속되어야 하나. 머릿수가 힘의 우위를 결정하고 사회적 편견을 만드는 것을 보면 아직 인간사회가 동물의 수준과 크게 달라 보이지도 않는다.

애리조나 총격 사건과
오바마의 추모 연설

　미국 서남단에서 뉴멕시코 주 화이트샌드 국립기념물White Sands National Monument까지 가는 길은 메마른 땅의 연속이다. 캘리포니아 주 끝에 있는 샌디에이고를 출발해 동쪽으로 애리조나 주를 지나 달리고 또 달려야 한다. 샌디에이고를 벗어나면서 그리 높지 않은 누런 산이 서쪽의 도시와 동쪽의 사막지대를 가르고 나타난다. 누런 색깔 때문에 멀리서는 큰 모래언덕인 줄로만 알았다. 그래서 도시를 벗어나자마자 사막이 시작되나보다, 하고 생각했지만 바로 앞까지 다가가서야 그것이 온통 허리 높이의 억새풀로 뒤덮여 있는 산임을 알게되었다. 바람이 불 때마다 산은 황금색으로 물결친다. 동쪽으로 가면 갈수록 그 산은 커다란 바위산으로 변하더니 다음엔 조금 더 작은 바위산, 돌멩이 산으로 바뀌었고 점점 낮아지더니 어느덧 황량하고 뜨

거운 사막지대가 끝없이 펼쳐졌다. 뜨겁고 강한 바람이 땅 위에 서 있는 모든 것을 쓸고 지나간다. 미국의 서남쪽 끝에서 동쪽으로 가는 길은 수만 년 동안 애리조나의 사막이 만들어진 과정을 차를 타고 공간 이동을 하면서 직접 눈으로 확인하는 과정이었다.

사막에는 다른 곳에선 느낄 수 없는 남다른 그 무엇이 있다. 고삐를 맬 말뚝도, 작은 나무 한 그루도 없는 그곳엔 어떤 것도 한 자리에 정착시킬 수 없는 완전한 공허, 그 빈 공간의 묘한 매력이 있다. 저 모퉁이를 돌면 카우보이와 아메리카 원주민이 당장이라도 말달리며 나타날 것 같은 모래벌판, 그곳은 서부영화의 배경을 그대로 옮겨놓은 것처럼 수십 년, 수백 년 전의 모습을 그대로 간직한 곳이다. 몇 시간을 운전해도 도시는 보이지 않고 강렬한 햇볕이 쏟아지는 사막 한가운데에 집들이 드문드문 보일 뿐이었다.

거칠 것 없는 사막에서 태어나 어린 시절을 막힘없이 자유롭게 보낸 사람들은 어디로 떠나든 언제나 이곳을 그리워한다. 사막의 젊은 이들은 도시가 뿜어내는 유혹에 이끌려 고향을 떠나보기도 한다. 하지만 그들 중 많은 이들은 다시 척박한 자유가 가득한 이곳 사막으로 돌아온다고 들었다. 규율과 구속으로 가득 찬 도시, 인위적으로 구획을 나누고 벽을 쌓고 길을 막아둔 그 공간을 견디기가 힘겨웠던 것이다.

척박한 조건을 견뎌온 역사가 유전자에 각인돼 있어서인지 그들은 거칠고 투박하다. 별로 친절하지도 않고 사람에 대한 따뜻한 배려 같은 것도 느껴지지 않는다. 스쳐 지나가는 수많은 사람들을 접한 듯 이방인에 대한 경계가 눈에 띄고 모래성처럼 무너지기 쉬운 자기 영역을 지키려는 모습이 역력하다. 마음속으로야 무슨 생각을 하든, 밝게 웃으며 지나가는 사람에게 인사를 건네는 친절한 동부인들의 모습은 찾아볼 수가 없다. 겉과 속이 똑같다고나 할까. 그래서 솔직하고 단순하며 직선적이다. 미국 전역에서 아메리카 원주민의 수가 가장 많기에 인디언 보호 구역도 가장 넓은 곳, 멕시코의 땅이었으며 그래서 아직도 멕시칸이 많이 남아 있지만 미국의 침략 전쟁으로 이제는 미국 땅이 된 곳…… 어쩌면 그런 역사적 배경이 이 지역 사람들을 더욱 거칠고 보수적으로 만들었는지도 모르겠다. 이런 경향은 텍사스를 포함한 미국 남부 지역 사람들에게서 공통적으로 찾을 수 있는 특징이다. 애리조나는 마틴 루서 킹 목사를 기리는 국경일을 가장 마지막에 채택하고, 기독교 근본주의의 보수적 뿌리도 깊어 공화당의 텃밭이라고 알려져 있다.

바로 그런 애리조나 주 투손에서 2011년 1월 8일, 총격 사건이 벌어졌다. 민주당 중도파 하원의원인 가브리엘 기퍼즈가 지역 유권자들과 야외 집회를 하던 중, 제러드 러프너가 자동 권총을 난사해 존 롤 애리조나 연방판사와 아홉 살 크리스티나를 비롯해 6명이 사망하고 기퍼즈 의원을 포함해 13명이 중상을 입었다.

이 사고로 미국은 경악했다. 사건 자체도 충격적이지만 이미 오래전부터 예고된 참극이었다는 점이 미국인들을 더욱 두렵게 만들었다. 러프너는 범행 전 야산에 올라가 성조기를 태우고, 범행을 암시하는 내용을 인터넷에 올렸으며, 이전에도 기퍼즈 의원의 정치행사에 참석하는 등 치밀하게 범행을 준비했다.

범행 동기는 명확히 밝혀지지 않았으나, 러프너가 범행 전 유튜브에 정부를 비판하는 내용을 올린 것으로 미뤄볼 때, 정치적 동기 때문에 범행을 저질렀을 가능성도 배제하기 힘들다. 기퍼즈 의원은 불법체류자를 더 강하게 규제하는 애리조나의 새 이민법 제정에 반대했고, 오바마가 야심차게 추진한 보건의료개혁법을 지지했다. 그 후 기퍼즈 의원은 공화당과 극우 보수파 모임인 티파티 등으로부터 집중적인 비난을 받았다. 이는 단순한 비난에 그치지 않고 정치 폭력과 테러로 이어졌다. 수십 차례 의원 사무실로 돌멩이가 날아들고 총알이 들어 있는 협박 편지가 배달되기도 했다. 티파티 회원들이 정치인들에게 가하는 협박은 특히 심각해, 민주당원들뿐 아니라 일부 공화당 간부 3명이 강경파의 입장을 반대한다는 이유로 살해 협박을 당하고 사임하기도 했다. 여기에 전 알래스카 주지사이자 티파티의 리더를 자임하는 공화당의 세라 페일린은 2010년 3월, 11월의 중간선거를 앞두고 보건의료개혁법과 이민법 등에 대한 태도를 문제 삼아

기퍼즈를 포함한 민주당 의원 20명을 낙선 대상으로 지목했다. 그리고 자신의 페이스북에 해당 민주당 의원 지역구를 사격용 표적으로 표시한 미국 지도를 올려놓고 "후퇴 말고 재장전하라"는 글을 쓰기도 했다. 그처럼 과격한 그의 행동은 사실상 테러를 종용한 것이 아니냐는 논란을 유발했다.

미국 정치권과 언론의 상호 비방은 우리의 상상을 넘어선다. 건강한 정치 토론은 실종된 지 오래고 상대방에 대한 증오와 분노만이 남았다. 오랜 경기 침체로 생활이 어려워진 미국인들은 비난의 화살을 정치계로 겨냥했고 그것은 정치인에 대한 직접적인 폭력, 테러라는 최악의 결과를 낳았다. 일부 공화당 정치인과 보수 언론은 이런 폭력을 조장하고 자극하면서 이를 자신의 정치적 입지를 넓히는 데 이용한다.

그런 가운데 폭력 사태는 뒤틀린 미국 정치 문화의 한 형태로 자리 잡았다. 러트거스 대학교 정치학과의 스티븐 브로너Stephen Bronner 교수는 이런 현상을 '피해망상Paranoid' '네오파시즘Neo-Fascism'이라고까지 부른다. 한마디로 모두가 미쳤다는 것이다. 이를 두고 뉴욕타임스의 유명 칼럼니스트인 폴 크루그먼 프린스턴 대학교 교수는 "범인 개인의 정신이상 문제가 아니라 사회집단 전체의 문제"라고 꼬집은 바 있다.

이렇게 미국 사회와 지식인들은 깊은 절망감에 빠져 있었다. 그런데 그 무거운 절망을 깨고 희망의 빛을 던진 이가 바로 오바마 대통령이었다. 그는 2008년 당선 이후 보건의료개혁법 등 개혁 정책을 추진하는 가운데 공화당을 비롯한 보수 우파의 집중적 공격을 받았다. 뿐만 아니라 개혁 정책이 불완전하다는 이유로 좌파 진영에서도 비난이 쇄도해 사면초가에 빠져 있었다. 과도한 공세는 정치 피로를 낳았고 미국인들은 조금씩 그에게서 등을 돌리고 있었다. 2010년 중간선거에서 민주당이 참패한 것이 이를 반증한다.

한데 그런 정치적 위기를 일거에 반전시킨 것이 투손 총격 사건에 대한 그의 대응과 애리조나 대학교 연설이었다. 2011년 1월 12일 애리조나 대학교에서 거행된 희생자 추도식에서 그는 역사에 기록될 명연설을 남겼다. 연설 일부를 추려 싣는다.

토요일 아침, 기퍼즈 의원은 평화적 집회를 열고 자유롭게 발언할 권리를 행사하기 위해 슈퍼마켓 밖에서 그녀의 보좌관, 유권자 들과 함께 모였습니다. 국회의원은 시민의 질문에 답하고, 시민의 목소리를 다시 국가에 전달하며 이들 모두는 우리의 건국 주역들이 그리던 민주주의의 핵심 이념을 실천하고 있었던 것입니다. 기퍼즈는 이런 활동을 '골목의 국회'라고 했습니다. 이런 활동이야말로 오늘날 우리가 새롭게 만들어가고 있는 '국민의, 국민에 의한, 국민을 위한 정부'라고 말입니다. 하지간 미국의 본질을 보여주는 이 현장은 한 사람이 쏜 총알에 산산이 부서져버렸습니다. 토요일, 여섯 명의 희생자가 목숨을 잃었습니다. 그들 또한 우리 안에 내재된 최고의 선善이 무엇인지, 미국의 가장 중요한 가치가 무엇인지 보여준 이들입니다.

그리고 거기 아홉 살 크리스타나가 있었습니다. 그녀는 그 또래 아이들답지 않을 만큼 삶의 가치를 잘 알고 있었습니다. 크리스티나는 어머니에게 말하곤 했습니다. "우리는 축복받은 존재들이에요. 우리는 최고의 삶을 누리고 있어요." 그리고 불운한 아이들을 돕는 자선활동에 참여함으로써, 그녀는 자신이 받은 축복을 세상에 돌려주었습니다.

이 같은 비극이 닥쳤을 때, 이에 대한 설명을 요구하는 일은 어쩌면 당연한 일일 것입니다. 하지만 우리의 견해가 너무 극단적으로 대립되고 있는 지금, 그리고 이 문제의 모든 원인을 서로 다른 생각을 가진 사람에게 돌리며 그들을 비난하고 싶은 지금, 잠시 멈춰서 서로 상처주는 방식이 아니라 상처를 치유하는 방식으로 대화하는 것이 중요합니다. 이번 사건을 정치적으로 이용하면서 상대를 비난하지 말고 상대방의 이야기를 더 신중히 듣고 대안을 찾으면서 도덕적 지혜를 기릅시다.

잠시, 잠시만 상상해봅시다. 여기 민주주의를 이제 막 배우기 시작한 어린 소녀가 있었습니다. 시민의 의무를 이제 막 이해하기 시작한 그는 언젠가 자기도 국가의 미래를 만드는 데 한 가지 역할을 할 수 있다는 것을 알게 되었습니다. 그는 학생회 임원으로 선출되었고, 공공 봉사란 희망적이고 보람찬 일이라 생각했습니다. 그래서 소녀는 국회의원을 만나러 왔던 것입니다. 그의 눈에 국회의원이란, 훌륭하고 중요한 일을 하는, 그녀의 역할모델이기도 했기 때문입니다. 그녀는 냉소와 비방이 가득 찬 어른의 시선이 아니라 어린이의 눈으로 이 모든 것을 보았습니다.

저는 그녀의 기대에 따르는 삶을 살고 싶습니다. 저는 우리의 민주주의가 크리스티나가 상상했던 것만큼 훌륭한 것이기를 바랍니다. 크리스티나는 2011년 9월 11일에 우리에게 왔습니다. 그날 태어난 크리스티나는 같은 날 태어난 50명의 아이들과 함께 『희망의 얼굴』이라는 책에 실렸습니다. 거기 실린 그녀의 사진 옆에는 아이들의 삶에 대해 바라는 희망의 말이 씌어 있습니다. "네 도움이 필요한 사람을 도울 수 있는 사람이 되길 바란다."

오바마의 애리조나 연설은 3100만 명의 미국인이 텔레비전에서 눈을 뗄 수 없게 만들 정도로 강력한 호소력이 있었다. 특히 9·11 테러 때 태어나 '희망의 얼굴'*로 뽑혔던 소녀 크리스티나의 죽음에 수

• 테러가 일어난 날 태어난 각 주의 아이 50명을 희망의 얼굴로 선정했다.

많은 미국인이 애도를 표했다. 연설 후에도 실시간으로 이를 지켜본 것보다 훨씬 더 많은 미국인들이 오바마의 명연설을 듣기 위해 인터넷을 찾았다. 인터넷에는 애리조나행 대통령 전용기 안에서 마지막까지 연설문을 직접 다듬고 있는 오바마의 모습도 공개되었다. 서로를 헐뜯기에 여념이 없던 공화당과 민주당 모두 그의 연설을 칭송했다. 워싱턴 포스트는 미국인의 78퍼센트가 그 연설을 지지했다고 발표했다.

그는 국가적 비극이나 혼란이 있을 때마다 미국을 하나로 묶는 단합의 상징으로 등장하곤 하는 대통령의 역할을 다시 한 번 확인시켜주었다. 1986년 우주왕복선 챌린저호 폭발 때 로널드 레이건 대통령의 연설, 1995년 오클라호마 폭탄테러 때 빌 클린턴 대통령의 연설 등 앞선 대통령들이 명연설을 통해 정치적 위기를 일거에 호기로 바꿨던 전례가 있다. 오바마의 애리조나 연설도 정치적으로 치밀하게 준비된 것임에 틀림없다.

그러나 기억할 것은, 그가 정치적 계산만을 염두에 두고 그 연설을 한 것은 아니라는 점이다. 그는 언론의 경고에도 불구하고 35분이나 되는 긴 연설을 행하면서 미국인이 진심으로 듣고 싶어했던 것을 정확하게 짚어냈다. 그것이 그가 지닌 정치력의 본질이자 그가 수많은 미국인으로부터 지지를 받게 된 이유다. 슬픔과 충격에 빠진 사람들의 아픔에 진심으로 공감할 줄 알았기에 절대다수의 미국인이 그의 연설을 지지했다. 그의 연설이 정치적으로 계산된 것이라는 사실을 몰랐기 때문이 아니다.

그러면 오바마가 제시한 미국인의 꿈과 이상, 미국인이 진심으로 추구하고자 하는 가치는 무엇인가. 그것은 정의와 도덕, 민주적 시민의식이다. 오바마는 직관적으로 그것을 파악하고, 자기 것으로 만들었다. 오바마는 연설 내내 희생당한 사람들이 숭고한 이유는, 그들이 도움이 필요한 다른 사람들을 도우면서 평생을 헌신해왔기 때문이라고 강조했다. 그리고 그것을 평범한 시민의 영웅적 행동이라고 칭송했다. 그것이 미국의 정체성이고 미국 민주주의의 핵심이라는 것이다. 아홉 살의 크리스티나를 마지막까지 언급한 이유도 그 순수한 어린 소녀가 자신이 옳다고 믿고 있는 바로 그 민주적 시민의 삶을 배우기 위해 정치 행사에 참석했다가 희생당했기 때문이다.

정의와 도덕, 민주적 시민의식이라는 공동선은 미국인의 독점물이 아니다. 그것은 우리가 철로에 떨어진 사람을 구하려다 목숨을 잃은 젊은이의 희생정신을 높이 기리고, 재난에 맞서 스스로를 헌신하는 사람을 칭송하며 나라와 공동체를 위해 목숨을 바친 선열을 추모하는 것과 다르지 않다. 우리가 가장 높은 가치를 부여하는 정신은 결국 시간과 국경을 넘어 모두 하나로 통한다. 다만 그런 가치를 실제 자신의 생활에서 얼마나 제대로 실천하면서 살아가고 있는지가 다를 뿐이다.

서로 돕고 의지하며 공존하는 것이 바람직한 삶이라고 우리 모두 입으로는 쉽게 말하면서도 실제 생활에선 서로를 경쟁 상대로 여기며 치열하게 생존경쟁을 하고, 자신의 성공을 위해서라면 다른 사람을 짓밟고 올라서는 일도 불사하면서 피도 눈물도 없는 전쟁을 치른다. 그리고 미국인들은 다른 어떤 나라 사람보다 지독하게 경쟁하면서 살아가고 있다.

　무엇이 진정한 미국인의 모습인가. 한편에선 모든 경쟁에서 승리할 수 있는 강력한 힘으로 무장한 정복자를 갈망하고, 다른 한편에선 일상적인 기부와 자원봉사를 독려하며 공동체를 위해 헌신하는 평범한 시민을 칭송한다. 공동연한 정치 폭력과 테러, 협박이 성행하다가도 이내 포용의 목소리가 그 혼란을 평정하기도 한다.

　이러한 가운데, 사실 가장 큰 혼란을 느끼는 이들은 바로 미국인 자신이다. 그리고 정확히 말하자면, 이런 혼란 자체가 미국이다. 그럼에도 가장 인상적인 것, 희망을 보여주는 것은 오바마의 말대로 '비극은 더 높은 시민의식을 갖출 때 극복할 수 있다는 믿음'이다. 그리고 문을 열고 나갈 때 뒤따라오는 사람을 위해 문을 잡고 기다려주고, 정년퇴직 후 일흔이 넘은 나이에도 자비를 들여 재난 지역을 찾아가 집 짓는 일을 돕고, 휴일을 쪼개 학교와 공동체에서 자원봉사를 하는 등 낯모를 누군가를 위해 기꺼이 시간과 노력을 할애하고 있는 미국인들이 여전히 많다는 사실에도 주목해야 할 것이다.

 길 잃은 애리조나 이민법

  미국의 전통적인 인종 문제는 흑인과 백인 간의 갈등으로 알려져 있으나 최근에
는 멕시칸을 비롯한 라틴계 이민자들과 흑인, 백인 간의 갈등이 더욱 커지고 있다.
미국 남부 지역의 공립학교에 백인보다 비백인의 수가 더 많아진 것은 이미 오래
전이고 그 결정적인 요인은 라틴계의 급증이다. 레스토랑이나 거리 어디를 가도 영
어보다 스페인어를 더 자주 들을 수 있고 텔레비전과 라디오에서는 스페인어 전용
방송을 얼마든 쉽게 접할 수 있다. 특히 멕시코에서 넘어온 불법 이민자가 급증하
면서 늘어난 라틴계에 대한 미국 내 우려가 높아지고 있지만 정작 그들은 "우리가
국경을 넘은 것이 아니라 국경이 우리를 넘었다"며 영토에 대한 기원적 권리를 주
장할 정도로 미국 남부 지역 라틴계의 힘은 막강해졌다.

  사실 미국 남부 지역은 멕시코와의 전쟁1846~1848 이전엔 대부분 멕시코 땅이었
고, 그들 삶의 근거지였다. 끝없는 영토 확장의 욕망과 인종적 편견, 보수적 기독교
근본주의에 사로잡힌 미국인들이 그 지역을 강탈해갔고 그 결과 미국의 국경이 아
래로 내려오게 되었을 뿐이다. 소위 지금의 '불법 이민'은, 약 160년 전에 미국이

전쟁으로 빼앗은 땅을 멕시코인들이 법의 울타리를 넘어 되찾아가고 있는 과정인지도 모른다.

이렇게 수적으로 늘어난 라틴계 불법 이민자들은 기존 저소득층의 주류를 이루던 흑인들의 일자리를 잠식해 가난한 흑인들을 길거리에 나앉게 만들었고, 경기 침체의 만성화와 모기지론 사태로 백인 중산층까지 주택과 일자리를 잃게 되자 라틴계와 흑인, 백인 간의 갈등은 더욱 심화되었다.

공황상태에 빠진 미국인과 이민자 들의 충돌은 불가피해 보인다. 이런 와중에 애리조나 주정부는 노골적으로 백인 우월주의적 태도를 드러내 보이고 있다. 2010년 7월부터 새로 시행할 예정이었던 애리조나의 이민법에 의하면 불법체류자를 색출하기 위해 경찰이 직감만으로 수상하다고 여기면 신분 확인 자료를 요청할 수 있고, 합법체류자라도 신분을 증명하지 못하면 불법체류자로 취급하며, 영장 없이 체포할 수도 있다. 이 법은 인권의 역사를 완전히 거스르는 것이고 미국 연방헌법에 반한다는 이유로 연방정부가 연방법원에 제소하여 최종판결을 기다리고 있다.

오사마 빈 라덴
암살 작전

미국인들은 할리우드 블록버스터에 푹 빠져 살고 있다. 권선징악의 기본 스토리 하나로 엄청나게 많은 영화를 만들어내고 사람들은 봤던 걸 또 보면서도 얼마나 즐거워하는지 모른다. 텔레비전은 하루 종일 할리우드 스타 이야기로 가득 차 있다. 정치 경험이 전무한 영화배우를 대통령으로 만드는 나라다. 좀 더 정확하게 말하면 미국인들은 영화 속에서 살고 있는 것 같다. 총알이 공기를 가르며 날아다니고 버스와 건물이 폭발하며 군인들이 헬기에서 쏟아져 내려오는 블록버스터는 화면 속에만 있는 이야기가 아니라 미국인이 마주하고 살아가는 현실이다. 그 영화 속에서 미국 대통령은 정의와 선의 상징이다.

2011년 5월 1일 늦은 밤 오바마 대통령은 영화 속 한 장면에서처럼 갑자기 텔레비전 화면에 나타나 오사마 빈 라덴을 사살했다고 발표했다. 워낙에 깜짝 쇼를 즐기는 사람들이라 처음엔 설마 진짜일까 의심했다. 그러나 그는 발표를 마칠 때까지 시종 진지했다. 백악관 앞, 맨해튼의 그라운드 제로, 보스턴 등지에서 마치 오랜 억압으로부터 해방된 듯 성조기를 흔들며 춤을 추는 인파를 보고서야 실제 상황임을 알았다. 스포츠의 옹국답게 군복 차림의 미군이 프로야구 경기의 시작을 알리는 시구를 하고, 젊은이들은 성조기를 두르고서 월 스트리트를 내달렸다. 그들은 "악마를 죽였다"고 외치며 USA를 연호했다. 거리로 쏟아져나온 젊은이들은 빈 라덴을 '사탄' '악마' '귀신'이라고 불렀다. 기쁨에 넘쳐 노래 부르는 그들을 보노라니 빈 라덴이 지난 10년 동안 미국인들에게 어떤 존재였는지 새삼 느낄 수 있었다. 뉴욕, 워싱턴, 필라델피아 등 미국의 심장을 향해 상상도 못 했던 방법으로 항공기 폭탄을 터뜨려 3천여 명의 사망자를 냈으니 그 사건의 충격, 피해자들과 가족, 친구들의 슬픔과 원한은 충분히 이해하고도 남는다.

범위를 넓게 본다면 사실 나 역시 2001년 9·11 테러의 피해자라고 할 수 있다. 그해 나는 미국 대학교와 로펌에서의 법률 연수를 위해 미국에 와서 8월엔 마지막 연수 과정으로 맨해튼의 무역센터 빌딩에 있는 로펌에 출근하고 있었다. 세계무역센터 빌딩은 세계 자본주의와 미국의 상징이었으므로 이미 미국의 적들이 노리는 표적이 되어 있던 상태였다. 그래서 보안도 철저했다. 건물 1층에는 지하철 개찰구 같은 바를 설치했고 개인 얼굴 사진이 찍힌 출입증을 발급받은 사람만이 안으로 들어갈 수 있었다. 관광객도 미리 방문 신청을 하고 신원 확인과 보증 절차를 거친 사람만 입장이 허용되었고, 피자 배달조차도 엄격한 조사를 거쳐 신분증을 받은 사람만이 할 수 있었다. 무역센터 출입증이 있는 음식 배달원은 미국 최고의 신용 등급자라는 우스갯소리가 돌아다닐 정도였다. 1층은 신원 확인 절차 때문에 항상 사람들로 붐볐고, 급한 일로 방문한 사람이 그 번거로운 과정 때문에 경비원과 승강이를 벌이는 일은 일상사였다. 덩치 큰 경비원들이 방탄복에 자동소총까지 들고 지키고 있었으니 가히 요새가 따로 없었다. 나와 일행은 그런 무역센터를 신분증 하나 목에 걸고 자유롭게 드나들곤 했다.

그렇게 무역센터 로펌에서의 연수를 마치고 한국으로 돌아오자마자 무역센터 폭파 소식을 들었다. 서울의 가전제품 전시장 대형 텔레비전 앞에서 화염에 싸인 빌딩이 땅속으로 빨려들어가는 모습을 보고는 넋을 잃고 말았다. 테러리스트들은 사람들이 가득 탄 대형 여행기를 폭발물로 이용했고, 비행기가 빌딩 속으로 찌그러져 들어가 끝없이 시커먼 연기를 뿜는 거대한 구멍을 내는 것을 눈으로 보면서도 도저히 믿을 수가 없었다. 폭탄테러는 물론 지진이나 천재지변이 일어나도 무사하도록 공고히 지었다는 그 건물이, 하루 24시간 쥐 한 마리 마음대로 못 들어오게 하는 지구상의 최강 요새라던 그 빌딩이 속수무책 내려앉고 있었다. 두번째 비행기가 들이받는 장면을 볼 땐 그 파편이 지구 반대쪽 내 가슴에 꽂힌 듯 숨이 멈춰 제자리에 주저앉을 수밖에 없었다.

지옥에서 탈출한 듯 시커먼 재를 뒤집어쓴 채 빌딩을 빠져나오는 사람들이 눈에 들어오고서야 그곳에서 함께 일했던 변호사와 직원들의 안부를 확인해야겠다는 생각이 들었다. 그렇게 무역센터 폭파라는 거대한 사건은 연수 일정이 며칠만 더 미뤄졌더라면 피해자 리스트에 내 이름이 올랐을 수도 있겠다는 끔찍한 상상으로 이어졌고 단순한 상상만으로도 마음속에 테러의 흔적을 남길 수 있었다. 전문가들은 당시 테러는 그 현장의 생존자뿐만 아니라 목격자들에게까지도 정신적 트라우마를 남겼다고 한다. 나에게도 그 비슷한 것이 남게 된 것이다. 물론 희생자 가족이나 테러를 직접 경험한 이들의 고통과는 비교할 수 없으며 그 차이는 미국과 한국의 거리만큼이나 클 테지만, 10년이 지난 지금도 그때 그 장면은 코앞에서 직접 겪은 것처럼 생생하다.

내가 받은 충격이 그 정도였으니, 빈 라덴을 향한 미국인들의 정서가 어땠을지 짐작하지 못할 바는 아니다. 미국은 10년 동안 그라운드 제로를 폐허 상태로 보존하면서 테러리스트에 대한 보복 의지를 다져왔다. 빈 라덴의 사망을 전하면서 오바마가 "미국을 만든 가치, 미국인이 결심하면 반드시 이루고 만다"라고 말한 것은 이런 미국인들의 정서를 정확히 표현하고 있다. 그래서 그의 죽음에 온갖 저주를 쏟아부으며 "마침내 그를 죽여서 행복하다"고 외치는 사람들의 심리를 충분히 이해할 수 있다. 특히 9·11 사태 희생자들의 가족에겐 그를 단죄한 것이 얼마간의 위로가 되었을 수도 있을 테다.

하지만 아프가니스탄의 반응은 미국과는 극단적으로 대조적이다. 한쪽에선 승리의 환호와 깃발이 넘치고 다른 쪽에선 분노와 증오가 폭발하여 피의 보복을 다짐한다. 10년 전에 환호했던 이들은 반대로 분노의 눈물을 흘렸고, 그때 증오로 불타올랐던 사람들은 기쁨의 눈물을 감추지 못한다. 장소와 사람이 바뀌었을 뿐 모든 것이 너무나 똑같다. 다른 것이 있다면 피켓에 걸린 희생자의 얼굴 사진이 미국인들에서 빈 라덴으로 바뀐 것뿐이다. 그렇게 상반된 미국인과 이슬람 근본주의자 들의 모습이 내게는 10년 전과 똑같은 아픔을 주고 있다. 그때와 똑같은 영상과 이미지가 머릿속을 어지럽히고 가슴을 아프게 한다. 공교롭게도 9·11 테러 10년 만에, 그 테러의 주범으로 알려진 빈 라덴이 살해된 날에 나는 다시 미국에 있다. 그러나 나는 기쁘지도 않고 분노가 일어나지도 않는다. 그저 슬프다. 미국 언론이 연일 축제의 뉴스를 쏟아낼 때, 10년 전 무너져내리던 무역센터 빌딩의 모습과 잿더미를 헤치고 나오던 생존자들의 모습이 더욱 생생하게 떠오른다. 시간이 지날수록 슬픔은 두려움으로 바뀌고 있다. 충혈된 눈을 번들거리며 복수를 외치는 이슬람 근본주의자들보다 기쁨의 광기를 내뿜는 미국인들의 환호가 더 두렵다. 그 미국인들에게서 히틀러 앞에 일제히 손을 들어 "하일 히틀러"를 외치는 수백만 독일군의 모습과 군국주의 일본의 모습이 보이는 듯하다면 지나친 말일까.

그러한 와중에 조금이나마 위안이 되는 것은 빈 라덴의 죽음에 환호하는 모습을 불편하게 느끼는 미국인들이 있다는 점이다. 9·11 테러로 남편을 잃은 한 여인은 "아무리 사악한 살인자의 죽음일지라도 그의 죽음을 기뻐하거나 수천 명이 묻혀 있는 그라운드 제로에서 샴페인을 터뜨리며 환호하는 젊은이를 보고 싶지 않다"고 했다. 대부분의 학생들이 기뻐하며 축배를 들기도 하는 가운데 코넬 대학교 일부에서 종교적, 도덕적 거부감을 나타내며 빈 라덴의 죽음은 축하할 일이 아니라고 꼬집는 목소리가 있었다. 아무리 용서받지 못할 자라고 하더라도 사람의 죽음 앞에 만세를 부르고 환호하는 모습은 돌덩이가 목에 걸린 듯 거북하고 불편하다. 그 환호 속에서 가장 고귀하고 절대적인 가치를 가진 인간의 생명은 파리나 모기 같은 해충의 목숨과 동격, 또는 그 이하로 추락한다. 돈이나 명예, 그 무엇으로도 대체되거나 보전될 수 없는 생명이 한낱 장기판의 돌처럼 필요에 따라 언제든 제거 가능해진다. 그 사람이 용서받지 못할 테러리스트의 수장이라고 하더라도 인간으로서 생명의 가치가 달라지는 것은 아니다.

미군 특수부대원의 헬멧에 달린 카메라를 통해 오바마와 백악관의 고위 책임자들은 '제로니모'로 명명된 전체 작전 과정을 실시간으로 지켜보았다. 미군이 빈 라덴을 발견하는 순간 탄성을 질렀고 그의 왼쪽 눈을 쏘아 사살했다는 보고를 받고선 드디어 해냈다며 환호성을 질렀다. 전 세계의 신문 1면에 등장한 백악관의 사진은 컴퓨터 화면 앞에서 클릭 한 번으로 상대편의 목숨을 제거하는 비디오 게임에 빠진 오락실이었다. 인간의 목숨은 영화나 비디오 게임 속에서 아주 싼 비용으로 대체 가능한 소품이나 유닛에 불과했다. 뉴스는 화려한 컴퓨터 그래픽을 이용해 대통령이 봤을 그 장면을 더욱 드라마틱하게 재구성했고, 전 세계 사람들이 빈 라덴과 똑같이 생긴 사람의 형상이 머리와 가슴에 총을 맞고 죽는 장면을 보며 환호하게 만들었다. 사람들은 더욱 실감나는 리얼 쇼를 보기 위해 혈안이 되었다. 빈 라덴은 숨을 쉬고 피가 흐르는 현실의 인물이 아니라 '해리 포터'의 볼드모트가 되었고, '반지의 제왕'의 사우론으로 취급되었다. 판타지 영화나 소설 속의 악마가 죽어 마땅한 것처럼 현실의 빈 라덴은 그렇게 사살되었다. 인간 생명의 가치는 아랑곳없이 사람들의 관심은 그 악당의 죽음이 얼마나 드라마틱했는지, 얼마나 많은 가십거리를 갖고 있는지에 맞춰졌다. 죽은 자의 젊은 아내가 스스로 몸을 던져 남편을 보호하려 했다는 유의 일화들은 이야기를 더욱 흥미진진하게 만들기 위한 소재일 뿐이다. 영화, 소설과 현실의 벽이 사라지는 순간 인간의 존엄성도 함께 사라지고 만다.

오바마는 당선되면 빈 라덴을 사살할 것이라는 지난 대통령 선거 때의 약속을 지키게 되어 기쁘다고 말했다. 빈 라덴이 아무리 범죄 집단의 수장이었다지만 사람을 죽이겠다는 것이 대통령의 공약이 되고, 또 그 공약이 당선에 기여했다는 것이 섬뜩하다. 미군은 처음부터 빈 라덴을 사살할 계획이었고 생포할 생각은 없었던 듯하다. 당시 그는 무장을 하지도 않았고 저항하지도 않았다는데 구태여 사살한 이유가 무엇일까. 그 의문은 그의 입에서 쏟아져 나왔을 미국의 비리가 미국 정부를 얼마나 큰 두려움에 빠뜨렸을지 짐작게 한다. 국제사회로부터 혹독한 비난을 받더라도 차라리 그 부담을 감수할지언정 그를 살려둘 수는 없는 것이다. 정치적 이해관계 앞에 인간의 목숨은 한낱 숫자에 불과하다. 인간의 생명은 어떤 이유로도 해칠 수 없고, 모든 인간의 과오는 재판을 통해 가려내야 하며 사적 처벌은 용납되지 않는다는, 문명사회가 오랫동안 쌓아온 가치를 지키기 위해 만든 사법제도와 기본법은 휴지 조각이 되었다. 재판을 받을 권리는 당사자가 진범인지 아닌지를 떠나서 모두에게 공평하게 주어진다. 더군다나 진범에게 그 권리는 더욱 중요한 법이다. 재판을 통해 그가 범죄를 저지르기까지의 사정을 충분히 밝혀 그가 범한 죄만큼만 처벌하는 것이 원칙이다. 그럼에도 그런 원칙을 모조리 무시한 빈 라덴 살인 작전의 성공으로 차기 대선을 앞둔 오바마의 국정지지율은 9퍼센트나 상승했다. 앞으로 미국의 타깃이 되면 생포되어 재판을 받을 수 있으리라는 기대는 아예 버려야 할 것이다.

뿐만 아니라 미국은 이번 작전 과정에서 국제법과 상대국 파키스탄의 국권을 완전히 무시했다. CIA는 정보 누설을 막기 위해 처음부터 파키스탄 정부에 정보를 전혀 주지 않고 작전에서 완전히 배제했다고 발표했다. 파키스탄 정부는 이번 군사행동이 자국 정부의 승인을 거치지 않은 일방적 행동이라고 비난했다. 물론 파키스탄 정부를 신뢰할 수 없었던 미국 정보기관의 입장을 전혀 이해하지 못하는 것은 아니다. 파키스탄에 작전 승인 요청을 했다가 기밀이 누설될 위험을 고려하지 않을 수는 없었을 것이다. 그러나 그렇다고 해서 미국의 행동이 정당화될 수 있는 것은 아니다. 이번 군사행동 과정에서 미국이 법적 절차를 거치거나 다른 국가를 배려한 흔적은 찾아볼 수 없다. 하지만 미국은 10년 전 '테러와의 전쟁'을 일방 선포했으므로 전 세계가 국제법상 전쟁터이며, 전시 상황이라고 주장한다. 미국이 안하무인이라는 비난을 받아온 것이 하루 이틀이 아니지만 이번 사건은 그 오만한 태도의 극한을 보여준다. 미국은 세계 경찰국가를 자임하며 다른 국가에 무법자의 전횡을 부린다. 그러면서 전 세계가 미국의 경찰 역할을 바라고 있다고 착각한다. 이런 모습은 할리우드 영화나 드라마에서 항상 강조되는 위대한 아메리카의 비틀어진 모습이다.

비인간적이고 불법적인 미국의 암살 작전 또한 어제오늘의 일이 아니다. 미국 정부는 빈 라덴의 위치 정보를 찾기 위해 9·11 테러 용의자로 관타나모에 수용된 카리드 셰이크 모하메드 등을 고문해서 정보를 얻어냈다고 한다. 그들은 손발이 묶인 채 테이블 위에서 물고문을 당했다고 한다. 관타나모는 적법한 재판 절차를 거치지 않은 채 수십 년 동안 용의자 상태로 인신을 구속하는 곳이다. 그곳에 불법으로 구속하는 것도 모자라 고문까지 하고 또 그런 사실을 아무 거리낌 없이 공공연히 밝히는 것을 보면 말문이 막힐 정도다.

미국은 빈 라덴의 사망이 문제의 해결이라고 한다. 악마는 사라졌고, 사탄을 불태워 죽였다고 소리 높였다. 그러나 영화 속 악마가 죽더라도 속편에서 더욱 강력한 힘을 안고 부활하듯이 미국이 살해한 현실의 악마는 몇 배는 더 강력하게 다시 등장하는 듯하다. 그 위험은 이미 공공연한 현실이 되고 있다. 이슬람 근본주의자들은 "그는 죽었지만 지하드jihād, 성전를 향한 그의 메시지는 결코 죽지 않는다"며 오바마에게 저주를 쏟아부었다. 당장 알카에다의 거점으로 알려진 이라크 동부 지역에선 환전소를 공격해 10명 이상의 사상자가 생겼고, 소말리아 반군 단체는 빈 라덴의 죽음에 대한 보복에 나서겠다고 밝혔다. 아프가니스탄의 탈레반도 "한 명의 순교는 수백 명의 순교, 나아가 순교와 희생의 벌판으로 이끌 것"이라며 서방 사회에 대한 공격의 뜻을 밝혔다. 미국은 지난 10년간 빈 라덴을 찾기 위해

430조 원을 쏟아부었지만 앞으로 다시 있을지 모를 테러를 막기 위해 더 막대한 돈과 인력을 군대와 경찰에 들여야 할 것이고, 그렇게 되면 국가 부채는 급격히 증가할 것이다. 도대체 무엇이 사태의 해결이란 말인가.

미군 특수부대는 비무장 상태인 빈 라덴에게 총알을 박았다. 확인 사살을 위해 머리뿐 아니라 가슴에도 총을 쏘았다. 미군은 빈 라덴 한 사람을 죽인 것으로 생각했지 그로 인해 수많은 이슬람 근본주의자들이 빈 라덴으로 되살아날 줄은 몰랐다. 오바마는 빈 라덴의 사망을 알리는 연설을 하면서 "신이 미국을 축복할 것"이라고 했다. 그러나 그 말은 결국 이슬람과 미국 기독교 신들의 전쟁으로 전선을 확대한 꼴이 되었다. 오바마는 이슬람과 전쟁을 하는 것이 아니라고 강변했지만 이 사건으로 파키스탄과 대립하게 되었고, 팔레스타인 정부의 하마스 정파와 적이 되었다. 빈 라덴이 사망한 은신처로 그를 추도하는 인파가 몰리듯 그의 죽음은 이슬람 근본주의자를 중심으로 모든 이슬람 세력을 통합시키는 결정적인 계기가 될 수도 있다. 빈 라덴의 '순교'는 '전설'이 되어 더욱 강력하고 끝없는 전쟁과 테러를 불러일으킬 수도 있다. 빈 라덴이 은신해 있다가 살해된 도시의 이름은 아보타바드Abbottabad다. 이슬람어로 '-abad'는 샘물이란 뜻이다. 미국의 이번 공격이 테러의 샘물을 터뜨려 전 세계를 공포에 몰아넣고 있다.

오사마 빈 라덴 암살 작전

    고발성 다큐멘터리를 만들기로 유명한 미국의 마이클 무어 감독도 9·11 테러로 함께 일하던 가까운 친구를 잃은 희생자이다. 그의 친구 빌은 당시 무역센터로 돌진하는 비행기 안에 있었다. 빈 라덴의 죽음을 들은 마이클은 기쁨에 들떠 곧바로 맨해튼으로 향했고 다음 날 그라운드 제로에 가서 친구 빌에게 그 소식을 알리려고 했다. 그러나 그는 다음 날 아침 출발하기 직전 그라운드 제로에서 샴페인을 터뜨리고 축제를 벌이는 젊은이들을 텔레비전에서 보고는 발길을 돌려야 했다. 그리고 이것이 위대한 미국의 모습인지, 미국 독립의 주역인 토머스 제퍼슨이 만들려 했던 미국이 이것이었는지 심각한 회의를 품게 되었다. 그가 기억하기로 히틀러의 사망 소식에 그의 부모 세대가 거리로 나와 축배를 들지는 않았고, 히로시마 원자폭탄 투하로 수많은 일본인이 죽었을 때도 만세를 부르지는 않았다. 그의 삼촌을 포함해 수백만의 미국인, 한국인, 중국인을 죽인 제2차 세계대전 전범, 도조 히데키가 미군에 체포되지 않으려고 권총으로 자기 가슴을 쏘았을 때도 미군들은 그를 병원으로 데려가 목숨을 살리고 그 후 전범 재판 절차를 거쳐 그를 처형했다. 그는 미국인이 미쳐가고 있다고 말한다. 그의 생각과 행동이 최소한의 상식이 되어야 하는 것 아닌가.

우리 이야기는,
여기서 계속된다

누구나 아름다운 공동체를 꿈꾼다. 나무와 꽃으로 둘러싸인 초록의 마을에서 사람들이 서로 아끼며 사랑하는 그런 공동체 말이다. 나에게 이타카는 그런 곳이었다. 큰 호수를 중심으로 양안의 완만한 구릉은 아름다운 조화를 이루고 있고, 자연만큼이나 사람들도 서로 도와가며 조화롭게 사는 곳이었다. 물론 이타카에 대한 평도 사람마다 다르고 나와 다르게 생각하는 사람들도 있을 것이다. 또한 이타카라고 추한 면이 없는 것도 아니다. 이 책은 이타카의 모든 것을 기록한 것은 아니다. 여러 가지 모습 중에서 나에게 특별한 감동과 여운을 남긴 것들의 종합일 뿐이다. 내 기억에 강하게 남은 이타카의 모습이 나에게만 중요한 것이라면, 그냥 일기장에 고이 모셔두면 될 일이지만, 이를 혼자 간직할 것이 아니라 널리 공유할 필요를 절감했다. 아름답고 행복한 공동체를 향한 꿈은 우리 모두의 이상이기 때문이다. 그리고 나는 이타카에서 바로 그런 공동체의 가능성을 발견했다. 그 가능성은 내가 뿌리를 내리고 살아온 나의 고향, 나와 내 가족이 살아왔고 또 앞으로도 살아갈 내 동네에서도 마찬가지로 찾을 수 있는 것이었다. 지구 반대편에서 나는 다시 한국을 생각했다. 끝이 보이지 않는 거대한 호수와 광대한 벌판은 없지만 가만가만 사람의 마음을 어루만지는 자연, 그리고 아름다운 사람들…… 우리는 전혀 다른 방식으로 미국과 이타카만큼, 아니 오히려 그보다 더욱 아름답다.

지금이야 서로 여유가 없고 어디를 가나 종종걸음으로 바쁘게 움직이며 아웅다웅 살고 있지만, 새마을운동식의 논리가 사회를 지배하기 전인 근대 초기만 해도 한국인은 걸음걸이가 느리고 여유가 넘치는 이들로 알려져 있었다. 자기 마음에 여유가 있으니 남을 살피는 것도 어렵지 않았고, 사람들은 충분히 서로 존경하고 존중받으며 살았다. 그랬던 과거가 있으니 우리의 공동체 또한 예전처럼 다시 아름답게 회복될 수 있다고 믿는다. 우리는 우리 자신의 아름다운 모습을 잠시 잊고 있을 뿐이다. 모두가 생존을 위해 들소의 등에 올라타 앞만 보고 미친 듯 달리느라 옆의 동료나 뒤에 처진 사람들을 돌아볼 여유를 갖지 못했을 뿐이다. 달리는 들소를 멈추게 하거나 등에서 내리기만 하면 옆과 뒤를 돌아볼 수도 있다. 내가 이타카 이야기를 기록한 것은 우리 이웃들이 그곳을 동경하며 여행을 떠나도록 부추기기 위함이 아니다. 지금 당장은 각박해서 보이지 않을지 모르지만 자기 주변에 숨죽이고 돌아봐주기를 가만히 기다리고 있는 수많은 아름다운 것들에 눈을 돌리게 하기 위함이다.

이타카에서 내가 가장 좋아했던 시간은 늦은 오후 버스에서 내려 200미터 남짓 되는 길을 걸어서 집으로 갈 때였다. 조용한 길가에 집집마다 다른 방식으로 꾸며진 정원과 거기 핀 꽃과 나무를 감상하고, 그 속에 깃든 사람들의 손길을 상상하느라 집에 가는 데 30분이 넘게 걸리곤 했다. 매일 똑같은 길을 걸어 나갔다가 다시 돌아오지만 길은 항상 달라 보였다. 어제까지 하얀 꽃무더기만 있던 정원에 오늘은 노란 꽃이 더해졌다. 이웃이 보고 즐길 수 있도록 바깥으로 예쁜 나무와 꽃을 늘어놓은 친절한 배려도 읽을 수 있었다. 정원과 집이 사람을 대신해 말을 하고 마음을 전하기도 했다. 정원을 가꾸고 다듬어놓은 길을 보면서 그 속에 깃든 사람들의 마음을 읽는 것은 큰 즐거움이었다. 한국에서도 200미터 거리를 30분 동안 음미하며 걸어갈 여유만 있다면 경험 못할 바가 절대 아니다.

이 글을 쓰면서 나도 모르는 사이 내 몸속에 깃들어 있는 한국인의 정체성 때문인지, "그럼 한국은 어떤가?"라는 의문이 늘 들었지만 그런 비교를 하지 않으려 애썼다. 사람들을 비교하는 것은 그 자체가 유쾌하지 않을뿐더러 해법을 내놓는 방법도 못 되기 때문이다. 미국과 미국인의 모습 중 어떤 것은 더 크고 광대했고 어떤 것은 그 반대였다. 그런 비교는 감탄만 자아낼 뿐 그것으로 끝이었다. 미국인은 어떤 면에선 우리보다 훨씬 친절하고 사람들을 배려하며 효율적으로 생활하는 듯했으며 한국인들이 그런 모습을 배우면 좋겠다는 생각이 들기도 했지만, 더 깊이 들여다보면 그런 미국인의 모습은 자신의 사생활이나 권리를 침해받지 않기 위한 방어적 태도일 뿐 타인에 대한 인간적인 배려가 담겨 있지 않은 것도 많았다. 손가방 하나 달랑 들고 대서양을 건넌 가난한 선조들로부터 물려받은 생활습관 때문에 대물림하며 물건을 아껴쓰고 검소하게 생활하지만, 다른 한편 일회용품을 과도하게 사용하여 산처럼 쓰레기를 만드는 이중적인 모습을 보이기도 했다. 무엇보다 비교를 하면 각자의 고유한 특성을 존중하는 것이 아니라 미국과 한국인의 민족성을 거들먹거리며 우열을 가리고, 어느 하나는 좋은 것 다른 것은 나쁜 것 또는 모자란 것이란 식으로 단순화, 상대화하는 문제를 낳는다. 그렇게 비교하다보면 다시 한국인 가운데서도 여러 부류의 사람들을 비교하지 않을 수가 없고 끝없는 비교의 악순환에 빠지게 된다. 한국인의 고유한 전통과 풍습이 있듯이 미국인들의 행동이나 문화에도 나름의 이유가 있었고, 그 원인을 따라가다보면 어디에나 고개를 끄덕이게 되는 사연들이 있었다. 인간관계에서 상대방의 잘못을 지적하고 비난하기 이전에 먼저 그의 감정과 생각을 충분히 공감하는 것이 우선이듯, 낯선 사람들의 모습 속에서 그 배경을 이해하고, 국가와 사람들을 서로 비교하기보다는 이타카 사람들의 모습을 있는 그대로 받아들여 이해하고 공감하는 것이 더 중요하게 느껴졌다. 삶이란 퍼즐이나 레고 조각 맞추듯 튀어나온 곳을 떼어내고 빈 곳을 채워 똑같이 만들 수 있는 것이 아니고, 좋아 보이거나 배울 것이 있다고 해서 무조건 받아들여야 하는 것도 아니며, 받아들인다고 모두 우리 것이 될 수 있는 것도 아니었다. 그래서 이타카 사람들의 생활을 음미하고, 나의 시선에 맞춰 그들의 삶을 재단하기보다는 그들의 삶의 방식과 시선에 나를 맞추려고 애쓰면서 "그럼 한국은……" 하고 따라 나오려는 의문을 억눌렀다.

그렇게 외부인이 아니라 구성원의 입장에서 이타카를 살펴보면서 내 마음가짐이 변했다. 이타카를 지키고 변화시킨 힘이 전달되었고, 용기 있는 시민의 모습을 배우게 된 것일까. 방관자의 입장에서 적극적인 실천의 자세를 배우게 된 것이다. 한국으로 돌아온 지금, 다른 나라를 동경하지만 말고, 우리의 아쉬운 모습을 한탄하지만 말고, 여유 있게 한 걸음씩 우리 공동체를 바꾸는 일에 내가 직접 나서보자고 다짐했다. 이 책은 그 첫걸음이다.

같이 살자 — 여기는 이타카
ⓒ 송호창 2012

초판 인쇄 2012년 8월 24일
초판 발행 2012년 8월 31일

지은이 송호창 | 펴낸이 강병선
책임편집 구민정 | 편집 오경철 | 독자모니터 김경범
디자인 박재준 이효진 최미영
마케팅 우영희 나해진 | 온라인 마케팅 김상만 이원주
제작 안정숙 서동관 임현식 | 제작처 한영문화사

펴낸곳 (주)문학동네
출판등록 1993년 10월 22일 제406-2003-000045호
주소 413-756 경기도 파주시 문발동 파주출판도시 513-8
전자우편 editor@munhak.com | 대표전화 031)955-8888 | 팩스 031)955-8855
문의전화 031)955-2660(마케팅) 031)955-2671(편집)
문학동네카페 http://cafe.naver.com/mhdn | 트위터 @munhakdongne

ISBN 978-89-546-1877-9 03810

www.munhak.com